SE TOCÁSSEMOS VIOLINO SERÍAMOS FELIZES

SE TOCÁSSEMOS VIOLINO SERÍAMOS FELIZES

BRANCA MARIA DE PAULA

FARIA E SILVA

Rio de Janeiro, 2025

Se tocássemos violino seríamos felizes

Faria e Silva é uma empresa do Grupo Editorial Alta Books (STARLIN ALTA EDITORA E CONSULTORIA LTDA).

ISBN: 978-65-81275-89-1

Impresso no Brasil — 1ª Edição, 2025 — Edição revisada conforme o Acordo Ortográfico da Língua Portuguesa de 2009.

Dados Internacionais de Catalogação na Publicação (CIP)
(BENITEZ Catalogação Ass. Editorial, MS, Brasil)

P324t
1.ed. Paula, Branca Maria de
Se tocássemos violino seríamos felizes / Branca Maria de Paula. - 1.ed. - Rio de Janeiro : Faria e Silva, 2025.
128 p.; 13,5 x 20,5 cm.

ISBN 978-65-81275-89-1

1. Romance brasileiro. I. Título.

04-2025/93 CDD B869.3

Índice para catálogo sistemático:
1. Romances : Literatura brasileira B869.3
Aline Graziele Benitez - Bibliotecária - CRB-1/3129

Faria e Silva é uma Editora do Grupo Editorial Alta Books

Produção Editorial: Grupo Editorial Alta Books
Diretor Editorial: Anderson Vieira
Editor da Obra: Rodrigo Faria e Silva
Vendas Governamentais: Cristiane Mutüs
Gerência Comercial: Claudio Lima

Produtora Editorial: Milena Soares
Revisão: Fernanda Martins; Thaís Cotts
Diagramação: Junior Santos
Capa: Karma Brandão

ALTA BOOKS
GRUPO EDITORIAL

Rua Viúva Cláudio, 291 — Bairro Industrial do Jacaré
CEP: 20.970-031 — Rio de Janeiro (RJ)
Tels.: (21) 3278-8069 / 3278-8419
www.altabooks.com.br — altabooks@altabooks.com.br
Ouvidoria: ouvidoria@altabooks.com.br

Editora **afiliada à:**
abdr
ASSOCIADO CBL Câmara Brasileira do Livro

A única influência da qual é preciso defender-se é a de si mesmo.

Bioy Casares

(...) vejo que todos os campos estão abertos, que não haverá mais muros, que a palavra escrita não saberá mais onde se esconder, se fazer, ser lida, que sua inconveniência fundamental não será mais respeitada.

Marguerite Duras

SUMÁRIO

PORCOS 9

ESTRANHAMENTE ÍNTIMA 11

PITUCHAS 18

DESMANCHE 20

FOTOGRAMAS 22

TUDO FAZ SENTIDO 27

O HÓSPEDE 38

CENAS 59

PERNAS 64

IDEIAS EM FUGA 72

TUFOS DE PAINA 79

CORDA BAMBA 83

HOMEM NU 88

ELA E O TEMPO 92

PARA SEMPRE MEU 97

MENINA QUERIDA 109

QUANDO EU VOLTAR SEREI OUTRO 115

JANICE E O PRINCÍPIO DA INCERTEZA 123

PORCOS

Ficamos vigiando o homem. E era difícil vigiar o homem.

Ficamos vigiando os porcos. E era difícil vigiar os porcos, que tentavam romper nosso bloqueio improvisado.

Ficamos vigiando a estrada. E era difícil vigiar a estrada, os carros aparecendo e sumindo como miragem, na curva repentina.

Tínhamos de cuidar para que o homem não dormisse.

Tínhamos de cuidar para que os porcos, sedentos e famintos, não bebessem o sangue que ainda minava, empapando a roupa em farrapos e o capim de pouca monta. Cuidar para que não fuçassem as tripas do motorista, que escapavam da barriga e se derramavam para fora de forma grotesca, num arremedo de cena, ensaio ou simulacro.

Os porcos. Que revirassem a terra macerada, os destroços, os pedaços soltos ao redor. Mas que mantivessem a devida distância.

Alguns deles morreram logo. Outros, agonizantes, grunhiam alto e exasperavam o resto do rebanho. Mas o homem, este raramente gemia. E era um "ai" dolorido, longe, como um queixume que entrasse entre as moitas rasteiras e não soubéssemos de onde vinha.

Mantinha os olhos vazios, livres de memórias e emoções, enquanto a cabeça pendia frouxa, lembrando um crucificado.

Jazia prensado na lataria, metade dentro, metade fora.

De vez em quando parecia que ia pegar no sono e se dormisse, era morte certa. Então, tínhamos de forçá-lo a falar. Ele arfava, engasgava e vomitava frases que recompúnhamos e devolvíamos a ele. Não era de hoje que cortava essas estradas, estradas assassinas, ah, o que já tinha visto... Parecia que tinha nascido em boleia de caminhão, até estranhava a cama, quando chegava em casa; ia com o ajudante, sim senhor, conversando, bom rapaz...

(E do corpo do ajudante só se via um tufo de cabelo emplastrado.)

...iam entregar a carga e voltar no dia seguinte; num sabia não o que tinha acontecido; foi como um cavalo brabo que desembesta de repente, curva enganosa aquela, das pior.

Temos de ficar de olho na estrada, senão o socorro passa direto. Periga a ambulância não dar fé da carcaça do caminhão, lá no buraco.

Temos de vigiar o sol para que a noite não se abata de chofre sobre nós.

Nossos braços, exaustos de segurar as varas e tocar os bichos, pendem frouxos.

Os olhos do homem se fecham e uma espuma escura escorre, agora pelo canto da boca. Os porcos fazem um ruído estranho, como se estivessem revoltados com a sorte dos companheiros, sei lá se choram, quase uivam, e fuçam, irados, os corpos espalhados ao redor.

Um cheiro de merda vai crescendo na tarde e se misturando à brisa fresca.

Os porcos vão apertando o cerco.

Temos de vigiar a noite. E mais não podemos fazer.

ESTRANHAMENTE ÍNTIMA

A maioria das pessoas acredita que um acidente grave só acontece nas estradas, por imprudência do motorista ou descuido ou falha mecânica ou, ainda, por causa do péssimo estado das rodovias que sangram essas terras: no emaranhado tabuleiro, as peças se movem ao deus-dará.

A maioria das pessoas deve ter razão.

Por uma questão de sobrevivência, ninguém pensa que um desastre fatal, ou quase, possa acontecer quando se está a uma velocidade calma, em uma rua deserta, a poucas quadras da própria casa. Mas foi exatamente o que se passou comigo.

Eu subia a Avenida Afonso Pena, levada por *Mad About the Boy*, na voz de Dinah Washington, e me consolava do papel ridículo que representara dois dias atrás: enlouquecera de fato, mas a vida nem tão madrasta é. Eu tinha acordado a tempo de não me colocarem numa camisa de força e agora rio das bobagens que fiz: pus peruca, óculos escuros e fui bater na porta da outra, fingindo ser representante de um produto de beleza só para vê-la de perto, imaginem!

E agora, depois de deixar na rodoviária minha melhor amiga, trafego tranquilamente na pista do meio e acho graça do que passou. Neste momento, percebo um carro sair da Rua Gonçalves Dias, à direita, e avançar na diagonal, como se fosse atravessar a avenida e enveredar pela Bernardo Monteiro, do lado oposto, e penso "não é possível, que cara maluco!". Mas ele não para nem diminui a velocidade e eu piso fundo no freio, girando o volante para a esquerda, mas não adianta, ele continua cortando o meu caminho num risco enviesado e então eu vejo que não tenho saída, dou um golpe estratégico e faço uma curva radical, como se tivesse resolvido de última hora voltar à rodoviária e também embarcar para o Rio, bato no canteiro do meio e capoto para o meio da rua, naquele domingo morto.

Almas sensíveis me resgatam e me levam para o hospital da esquina.

Escoriações, luxações, pequenos cortes no rosto, braços e pernas. Pontos aqui e ali. Viram-me do avesso, avaliando os danos: não quebrei nada, mas é melhor ficar em observação. Continuam preocupados com a pancada na cabeça que me fez perder os sentidos. Bom pra relaxar — brinco, mas ninguém ri.

O golpe deixou na testa um hematoma tamanho médio e a sensação de que alguma coisa anda errado mundo afora. De vez em quando saio do ar sem nenhuma explicação. Pelo menos, que eu saiba.

O cara maluco teve sorte, não sofreu nada. Havia acabado de tirar o carro no consórcio, dera no lance todas as suas economias — chorou sem pudor — e agora ia ter de trocar a porta. Lamenta o acidente e pronto, fica tudo por isso mesmo. O assunto caduca sem ser resolvido. Ele não tinha nenhum seguro e eu assumi a total imperícia do imbecil.

Alguns prejuízos duramente assimilados e a rotina de novo se instala, para alívio de todos ao meu redor. Ninguém me aguentava mais. Retomo as aulas de inglês e as traduções. Retomo a hidroginástica e os desafios do dia a dia: correria, trânsito empacado, reuniões, compras, pagamentos, filas e filas.

Vivo cada vez mais sozinha. E falo assim como se viver sozinha, fato consumado, permitisse gradações. Por outro lado, no entanto, sinto que alguém me espreita e que algo trágico está para acontecer. Natural, eu sei, depois de um acidente grave. Todas as coisas parecem corretas, mas algo, ignoro o quê, destoa do resto. Existe uma sutil dissonância na ordem precária das coisas ou, talvez, na própria estrutura dos elementos e não sei se essa dissonância está dentro ou fora de mim. O certo é que também eu passo a destoar do resto. Estou postiça, careço de naturalidade e me esquivo ao momento. Mas ninguém repara e aposto na minha desimportância para continuar passando despercebida. Despercebida como um gato.

A propósito, eu sempre quis ter um gato e pensei que agora viria a calhar. Dei vários telefonemas, procurei nos anúncios e acabei levando para casa um pequeno siamês cor de fumaça, o Paxá.

Boa companhia, mas exige muito de mim, mais do que eu esperava. Por causa dele as coisas, até então latentes, eclodiram de forma inesperada. Eclodiram numa noite em que eu, já tonta de sono, via mais um enlatado na televisão. Paxá deixou seu canto no fundo da sala e pulou no meu colo e o que aconteceu depois até hoje me assusta. O incidente veio também confirmar minhas suspeitas: minha mão faz o que quer, na hora que quer e do jeito que bem entende, independente de mim. Obedece ao comando de outra pessoa, uma outra que se apossa do meu corpo e através dele se exprime. Uma outra que me espreita e me usa à revelia e que, sem pudor, manifesta seu potencial de violência.

No início, considerei-a uma criança levada e relevei os fatos. Tratei-a às vezes com benevolência, às vezes com irritação, e nunca comentei com ninguém seus caprichos e travessuras. Mas as coisas pouco a pouco foram mudando. A inocente rebeldia descambou em delinquência e agora sou obrigada a reavaliar as coisas sob um prisma severo e realista: não sei até onde poderá ir e não sei como detê-la. Por isso receio o pior.

Recapitulando, fatos estranhos começaram a me perturbar logo depois do acidente, assim que reassumi as tarefas do dia a dia. Minha mão, antes obediente, foi ficando cada vez mais imprevisível. Passei péssimos momentos no supermercado quando ela, sem mais nem menos, surrupiou um chocolate, enfiando-o no meu bolso. Tentei devolvê-lo, mas ela se rebelou. Estava obstinada a nada pagar e endureceu o jogo, por isso entrei na fila com cara de vítima, disposta a arcar com as consequências caso o delito viesse à tona.

Mas os despropósitos não pararam aí. Num show ao ar livre, ela beliscou as nádegas opulentas de uma mulher e ato contínuo se recolheu, fingindo acompanhar o ritmo da música. Fiquei chocada. E então comecei a vigiá-la com redobrada atenção. Como se eu pudesse controlá-la ou prever suas súbitas investidas.

Em outra ocasião, puxou a sunga de um menino que berrava impertinências e cuspia na piscina, importunando os banhistas. Tive que sair às pressas, sem olhar para trás.

Minha mão tornou-se traiçoeira. Louca, creio. E acho que não gosta de mim. Fatos análogos se repetiram, mas tentei administrar da melhor forma possível meu nervosismo e abafar os constrangimentos que eles me causavam. Preferi registrá-los como miseráveis contratempos, vividos numa época não muito feliz da minha vida.

Mas a verdade é que não consigo esquecer essa estranha criatura. Melhor seria dizer, não posso ignorar o uso abusivo que faz de mim. Quando olho meu anular, por exemplo, lá está a aliança. Uma joia de pouco valor, mas uma joia! E por ela nada paguei. Sou então cúmplice? Nesse caso, talvez. Ainda não equacionei a questão. Aliás, deveria. Meu objetivo, ao entrar na loja, era comprar uma pulseira, presente para minha sobrinha. Mas, ao lado da pulseira, estavam os anéis, que de imediato seduziram meus dedos. A tudo assisti, atônita com a esperteza daquela mão que sem titubear se apossa daquilo que deseja. Sim, ela sempre sabe o que quer e se insinua e não dá ouvidos às minhas interdições.

Está totalmente fora de controle, descobri certo dia, por causa dos comprimidos. Fui tomar um sedativo e ela me obrigou a engolir o restante da caixa, por sorte já pela metade. Dormi, vomitei, dormi. E tão logo dei conta de falar, em voz alta esconjurei a criatura.

Nunca mais comprei remédios de tarja preta. Ou vermelha. E só conservo em casa meu estoque regular de aspirina e antiácido.

Fui seguindo sem grandes sobressaltos até que, em uma noite, as coisas subitamente explodiram e ainda hoje me assustam. Eu digeria o enlatado de todo dia na televisão, quando o Paxá veio e pulou no meu colo. De forma automática, comecei a acariciá-lo. Era uma sensação reconfortante e fui relaxando, apesar dos tiros e das bombas. E então aconteceu. A mão começou a esganar o gato, a esganar o gato com os dedos em garra e ele mal conseguiu soltar um miado estrangulado e rouco, tão repentino foi. Esperneava, sem uma gota de ar. As unhas lanharam minhas pernas e gritei, tentando livrar o infeliz. Tudo durou uma breve cena na televisão. No quadro seguinte, a mão já abandonara Paxá e eu corri com ele pro tanque: quem sabe se com outro susto, o bichano se reanimava? Enfiei o coitado na água fria e ele estrebuchou, esgoelou agudo e, já no último fôlego, por milagre nasceu de novo.

Chorei de alívio. Coisa assim não dá mesmo pra esquecer.

Depois disso, o siamês nunca mais viu televisão comigo. Na hora dos tiros e explosões, corre e se esconde debaixo do tapete e costuma urinar de medo. Dá dó.

Pensei em consultar um médico. Procuro um psiquiatra, um neurologista, um clínico? Não vou ter coragem de falar: minha mão, doutor, anda estranha. Faz o que bem entende, não obedece a minhas ordens, está totalmente fora de controle, surtou de vez. Tentei colocá-la de castigo, em vão. Ela não me ouve, ignora meus apelos e sai por aí só fazendo o que quer, o senhor entende? O senhor acredita? Não, lógico que não!

E o tempo vai passando. Um breve período de paz, adio o especialista e, aleatoriamente, os desmandos voltam a acontecer. É estresse, só pode ser estresse.

Decido passar o final de semana numa pousada perto de Belo Horizonte, lá para os lados da Serra da Moeda. Deixo Paxá aos cuidados da vizinha, enfio as roupas numa sacola e abandono a cidade. Vou sem pressa.

Essas montanhas da BR-040, próximas à Lagoa dos Ingleses... nada mais justo, nada mais perfeito. Com tal imponência se arredondam, com tal sensualidade se deitam e com suas curvas recortam o céu que o viajante descobre que não existe outro lugar no mundo, a não ser este, onde ele deve estar. Nasce o desejo de escorregar a mão pelo dorso das encostas que se oferecem em sombras e reentrâncias. Lombadas de pelo lustroso seduzem o olhar andarilho em matizes que partem do verde mais sisudo para o amarelo mais regateiro. Aqui e ali, lilases. E uns vermelhos de banho tomado, arregalando luzes, que é pra ninguém se perder.

Abandono a rodovia principal e enveredo à direita. Dois ou três quilômetros adiante, a estrada começa a descer em curvas estreitas, tão rápidas quanto um rio que se precipita serra abaixo. Não dá para parar e contemplar, mas entrevejo belezuras que se mostram entre um naco de morro e outro ou entre arbustos que teimam em se equilibrar nas ribanceiras. Compulsivamente continuo a descer em busca do merecido repouso.

Mas de repente, algo inesperado acontece. Perco o controle do volante e minha mão assume a direção. O carro ganha velocidade, raspa as beiras do barranco e vai ao outro extremo da curva, desliza por um fio na borda do precipício e volta no mesmo embalo, saracoteando moleque, como se estivesse a transpor obstáculos numa pista de teste. O cheiro de borracha queimada me assusta e eu tento impedir o crime que se anuncia. Porque agora eu sei.

As cenas se aceleram e montanhas desabam sobre mim. Tomada pela vertigem, quero apenas que o horizonte se acalme e que volte a ser paisagem. Mas o veículo desembesta, desbanca algumas pedras de seus cômodos, vai ceifando moitas de sempre-viva e salta feito cabrito nas laterais do barranco.

Esta estrada não tem fim. Embaixo não existe vale, penso, antes de flutuar no espaço, definitivamente livre daquela criatura.

Agora tenho certeza: ela não gosta de mim.

PITUCHAS

Sei que a culpa foi minha, que não devia ter faltado ao serviço combinado, não devia, mas estou com um monte de complicação, cheio de problemas, o senhor nem imagina, temquever temquever, fui até morar num hotel, muita coisa estranha acontecendo lá em casa, parece mentira, mas o senhor me conhece faz tempo e eu sempre fiz a minha parte, certo?, o pior de tudo, deixa eu falar, foi o negócio da minha mulher, a Aline, lembra?, exato exato, aquela que morreu, é, eu nunca casei de novo, pois então, descobri outro dia que enterrei foi a irmã gêmea dela, igual a Aline, só que mais gordinha, daquela mesma altura e com o cabelo de índia, bem liso e escuro, não senhor, no dia do enterro eu estava tão abalado que não notei diferença nenhuma, pra mim era mesmo a minha esposa, mãe dos meus três filhos, nessa época ainda miúdos, e foi uma choradeira só, é claro que o senhor lembra, faz muito tempo sim, o senhor tem razão, mas eu já trabalhava de pedreiro pra sua senhora, hoje os meninos estão bem-crescidos, claro, bem-criados com a ajuda de Deus, o caçula, o Júnior, veio até me dar uma mão no serviço outro dia, tem o Geraldo que vai fazer o vestibular e a Pitucha, a mais maiorzinha, que passou a complicar também porque em vez de uma Pitucha, agora descobri que são três, como assim?, o senhor vai entender já já, nasceram trigêmeas, a Pitucha que o senhor conhece e mais outras duas, mas eu nunca soube de nada nem podia imaginar uma coisa dessas e só outro dia elas apareceram lá em casa, eu levei o maior susto de tão iguais, é de espantar sim, e não sei o que hei de fazer, claro que eu estava na maternidade no dia do parto, mais nervoso que minha mulher, em tempo de desmaiar e dar vexame, duas meninas eles esconderam de mim, não consigo atinar o porquê, e hoje estão todas lá em casa, todas têm aquela pinta preta entre as sobrancelhas, é difícil não confundir uma com a outra, tudo a cara da mãe, então eu estava nesse dilema quando topei com a minha mulher sentada na escadinha da porta da frente me esperando, sim, a falecida, me esperando com um vestidinho que ela gostava de usar, um que tinha umas florzinhas amarelas e uns ramos verdes, um que abria roda, não, não perguntei o que ela queria, não, não fui conversar com ela, estou muito injuriado com essas histórias deles terem me passado pra trás, mentido, enganado, e de tão aborrecido dei meia-volta, nem cheguei a entrar, fui direto pra casa do meu irmão e então descobri outra coisa que me deixou ainda mais puto: é que vi em cima do armário da cozinha a galinha de arame, é, dessas que a gente guarda ovo nelas, isso isso, a galinha da Aline, com os dois ovinhos de codorna que tinham sobrado do almoço e que ela guardou lá dentro; então eu fiquei tão nervoso que peguei a marreta e sentei na parede e abri um rombo, mas depois eu conserto e não vai ficar nem sombra, ninguém vai desconfiar, aposto.

DESMANCHE

Comecei a chorar e a lavar a roupa e depois lavei a louça com o mesmo ímpeto, raspei a esponja de aço no tabuleiro e *(eu lá tenho culpa se galho seco precisa ser cortado?)* passei pano molhado na casa *(lágrimas estúpidas...não me deixam enxergar nada)*, depois não suportei o ranço de mijo do banheiro e esfreguei peça por peça até forçar o brilho e dei descarga *(dejetos têm que ir pro esgoto/você morreu pra mim)*, juntei o lixo de ontem: um monte de papel rasgado,   de rascunhos   de escritos   frases incompletas   poemas quase encarnados, e lixo de hoje: farelos e formigas   casca de banana   restos do almoço   couve-flor caroços de feijão roxo *(saudade roxa, paixão, passos vacilantes me levaram pra longe do centro, pra perto de você cada vez mais longe de mim)*, folha de alface abandonada na última garfada e o último pedaço de bife, de repente insuportável ao pensamento de não morder seus lábios *(um pecado jogar tanta comida fora e não beber seu sangue)*, amarrei tudo bem amarrado, dei nó e *(e a língua também calei)* pus lá fora *(não quero mais saber do século passado)*, por pouco não martelo o dedo e *(doeria menos, muito menos)* isso tá mais pra doença, num tem remédio que resolva, como se fosse um aleijão que ninguém vê e *(eu feito adolescente imbeciloide)* livrei-me do vaso de begônia porque ela também não sabia o que queria, ficava lá sem saber se estava viva ou morta, aí me subiu uma raiva *(não tenho culpa se galho seco precisa ser cortado)*, pincei os pelos da perna como se expurgasse praga de jardim *(eu lá tenho culpa se escurece?, se escurece é porque o mundo girou)*, arrastei os móveis e dispus a sala ao avesso, se cortasse um dedo talvez não doesse tanto *(e se eu cortasse o cabelo de novo, se raspasse a cabeça toda?)*, peguei a caixa de ferramentas e *(a dor não passa)* martelei o prego que exorbitava da porta e outro que de imediato sucumbiu na parede fofa e *(tem coisa que é de primeira categoria, tem coisa que é de última)* senti um alívio enorme em botar o lixo pra fora e também aquelas bobagens todas que escrevi *(paixão não tem futuro e amor não tem conserto)*, aquelas bobagens todas que escrevi rasguei com raiva, com força, e só depois disso tirei um cochilo aproveitando a calma passageira, antes que você voltasse.

FOTOGRAMAS

Tenho pensado muito em Óbidos ultimamente. Chego ao extremo de imaginar que sem ter conhecido Óbidos eu não seria hoje a pessoa que sou. Mas posso estar enganada. Não sei se lá resgatei a menina que colecionava conchas e medos ou se pude, enfim, abandoná-la numa curva distraída do tempo. Explico. Não, é claro que não sou capaz de explicar. Às vezes, não são os fatos que contam.

É para falar dessa perplexidade que volto a Óbidos. Talvez as coisas tenham terminado da forma como terminaram porque visualizei e registrei *Obdus* na minha agenda dando por certa a roupagem latina, que não consta dos mapas. Por uma espécie de sortilégio, pode ser que os equívocos tenham se preparado num plano que desconheço, ficando a me esperar, desde então. Porque invoquei um lugar que não existe e os lugares que não existem, também eles, podem ser perigosos.

Imaginei Óbidos de forma circular, um bolo redondo e branco no meio da planície. Isso também não é verdadeiro ou só é verdadeiro em parte, na medida do branco. Dele me apossei com naturalidade, pois era tal qual eu sonhara. Quanto ao resto, causou-me espanto: ladeiras, esquinas, desníveis repentinos. Ângulos e ondulações me remetiam de um sítio a outro, desmentindo o que minha fantasia criara. Entendi, na prática, por que motivo uma fortaleza tanto pode proteger quanto aprisionar. Definitivamente, Óbidos não tinha centro. Óbidos era o centro. Mas só descobri depois.

Eu viajava com minha família e todos podem confirmar que, de fato, estive onde estive, no cerne dos acontecimentos. Mas que acontecimentos? — perguntarão. E eu pouco ou nada tenho a dizer.

Assim que chegamos, procuramos o endereço de Dona Camélia, conforme tínhamos combinado. A mulher, pessoa simples, esmerava-se no cuidado da casa. Encerava o chão de tal forma que os móveis, antigos e pesados, nele se espelhavam. Tudo, sem exceção, brilhava e cheirava a limpo. Os quartos amplos e os portais altos conservavam uma nobreza serena e, por algum motivo, me vi na casa de nossos antepassados.

Sem demora deixamos a bagagem e saímos. As crianças corriam à frente, batiam palmas e rodavam soltas. Eu quis subir uma das escadas que dão acesso aos maciços paredões, mas, para meu desaponto, ninguém se dispôs a me acompanhar. Ninguém mostrou interesse em descobrir o que existia além da muralha que protege a cidade encastelada. Além da muralha que, acredito, confina Óbidos.

De repente, com o ânimo de uma alpinista, subi os ásperos degraus. Pude então contemplar o horizonte a se expandir e a confirmar que mares existem adiante, ainda que não possamos navegá-los.

A paz era tão compacta que desejei colhê-la como se colhe uma laranja madura. Gostaria de levá-la comigo na bagagem para um dia saboreá-la de novo, bem devagar. Pensava nisso quando ouvi alguém gritar à distância e lembrei que me esperavam. Desci a escada, relutante.

Embaixo, um pesado silêncio. Ninguém à vista. Onde estariam todos, afinal? Teriam voltado sem mim?

Olhei, olhei e nada. Sem hesitar mais que um segundo, enveredei à esquerda, certa de que tinha vindo daquele lado. Andei sem pressa e dobrei a esquina, esperando encontrar a casa de Dona Camélia logo adiante. Mas isso não aconteceu. Fui em frente e dobrei outra esquina, em vão: a paisagem não mudava.

Parecia tão perto! — falei pra mim mesma, tomada de espanto. Não andamos tanto assim. Será que segui na direção contrária?

Sim, claro, era isso.

Voltei sobre os meus passos, agora prestando atenção aos pormenores. Vai ver, passei pela casa sem perceber, me confundi, tão relaxada estava.

Era o que eu me repetia, caminhando sozinha pela vila silenciosa. E assim, cheguei ao ponto de partida.

Ainda confiante, resolvi tentar mais uma vez o caminho oposto. A todo instante julgava reconhecer a pequena sacada e as flores de Dona Camélia. Aqui, ali, acolá. Continuei, mas já não me sentia segura. Transpirava como nunca e, sem perceber, fui ganhando velocidade.

Como fotogramas reproduzidos em série, as casas se sucediam todas iguais, absolutamente iguais: pintadas de branco, com gerânios nas janelas.

Mas não é possível, alguma diferença tem que haver! — repeti alto, buscando na memória qualquer detalhe que pudesse me conduzir de volta. A essa altura meu coração martelava em total descompasso.

Enquanto andava e dobrava ruas e ruelas e chegava ao mesmo lugar, tive a confirmação: Óbidos era mesmo redonda. E, pelo visto, ninguém mais vivia lá, pois o lugar continuava calado e deserto.

Certa de que minha vida estava por um fio, resolvi bater numa porta qualquer.

A senhora que me atendeu — rugosa, nariz curvo, descarnada — disse que não conhecia nenhuma Dona Camélia. Que em Óbidos, aliás, não existia ninguém com tal nome; e que ali todos sabiam de todos; e não só os nomes eram conhecidos, mas também a história de cada habitante, assim como a história da mãe, do pai, do avô etc.

Não sei de onde as pessoas saíram, mas foram aparecendo, uma a uma, e me cercaram.

— Alguém conhece dona... dona o quê? — perguntou a mulher, apenas para ser delicada.

— Ca-mé-lia — soletrei.

— Não, não conhecemos — responderam em coro.

Ela me olhou com olhar triunfante.

— Eu não disse?

Alguém perguntou o endereço da casa. Eu não sabia, me dei conta. Saí tão despreocupada que nem pensei nisso. Documento, dinheiro, bolsa — tinha deixado tudo pra trás.

Mas se não tenho identidade e D.ª Camélia não existe, então estou perdida — pensei alto.

— Em Óbidos? — espanta-se a mulher. E balança a cabeça, incrédula.

— Impossível! Foi juntando gente. Alguém perdido em Óbidos?

Riam, achando o fato um despautério.

Fui me encolhendo, me encolhendo até virar uma bolinha: "menina que inventa história e conversa sozinha pelos cantos, tem miolo mole, acaba lelé da cuca" — dizia minha professora.

Fiquei tonta, tive vontade de chorar e enxugar a cara na barra da saia. Ah, essa velha vestida de preto não me engana. É uma bruxa disfarçada, ora se é!

Mas não tenho tempo de correr, pois a megera passa o braço em volta dos meus ombros e tenta me levar com ela. Finco pé, resisto. O que será que a bruxa quer de mim? Mamãe sempre fala que não é pra conversar com estranhos e, muito menos, entrar em casa de gente que não conheço.

Preciso escapar agora, senão...

Todos tagarelam como maritacas. Às vezes não entendo patavina do que dizem, às vezes entendo uma palavra ou outra; depois os sons se atropelam, embaralhando tudo. Cochicham, tramam algo, bem à minha frente. Contra mim, só pode ser contra mim!

Tenho que fugir. Fugir rapidinho. Entrar na casa da bruxa é que não vou. Não e não!

— ...seu nome? — alguém pergunta, do outro do mundo.

— Meu nome? — repeti, perplexa.

Óbidos, redonda tal qual imaginei, começou a girar em volta de mim a uma velocidade de arrepiar. Foi tudo desaparecendo devagar, tudo sumindo, como que se desmanchando na tarde que terminava.

Ai de mim, que destino me espera? Ai de mim, qual será minha sorte?

Uma eternidade depois, abri os olhos como se acabasse de nascer.

Em Óbidos, dizem, não existem mais que dez ruas. Mas talvez não seja verdade.

TUDO FAZ SENTIDO

Era só desligar o celular e dizer que a bateria havia pifado ou que estava fora de área, caso Sandra ligasse da praia e ele não estivesse a postos. A essa hora, Fabiano já devia estar em casa, como de hábito, tomando sua dose de uísque enquanto via o noticiário e esquentava algum congelado (sem gordura trans, mas com todos os ingredientes substitutos, além de conservante, acidulante, flavorizante, estabilizante, corante, e outros tantos componentes rimantes).

De qualquer forma, ele telefonaria no dia seguinte, contando sua versão dos fatos: um antigo cliente aparecera sem avisar, justamente quando se preparavam para fechar a agência. Proposta vai, proposta vem, gastaram horas na transação até combinarem todos os detalhes, um sufoco, aí foram tomar uns drinques para comemorar o início da nova campanha. *Imprevistos normais no meu trabalho, querida, você sabe, por isso voltei tarde, mas está tudo bem, não se preocupe, aproveite a viagem, dei água e comida pro cachorro e a diarista veio limpar a casa no dia certo, molhou as plantas, pode ficar sossegada que ninguém vai morrer na sua ausência, mas confesso que eu sim, estou morto de saudades e não vejo a hora de você chegar.*

Decidido a tirar proveito das breves férias conjugais, Fabiano está propenso ao novo e ao mais que viesse. Mas, atento aos caprichos da sorte, tem como princípio não se arriscar à toa e prefere sair sozinho, evitando que outros compartilhem seus pecadilhos.

Ele hesita na porta da boate, examina de relance o bar e a pista de dança. Movimento fraco, constata. Alguns casais se refugiam no escuro e umas poucas almas solitárias cuidam de si mesmas. Mas o lugar, suficientemente discreto, dispõe de poltronas encarnadas, luz acolhedora e som na medida certa.

Fabiano dirige-se a uma mesa perto da pista, pede uísque puro, confere algumas mensagens e desliga o celular, com a pretensão de desligar também a cabeça. Num relance, checa os arredores e saca que a figura da mesa ao lado, acompanhante do talvez marido-talvez amante é, sem dúvida, um mulherão. Percebendo que ele a observa, ela ajeita o cabelo ruivo com *glamour*, como se atuasse numa película de *Hollywood*, daquelas que resistem ao tempo.

Inseguro, ele vira o copo e despista, ou pensa que sim, olhando duas garotas que entram abraçadas, rindo a valer. Da idade de suas filhas, supõe Fabiano. O que estariam elas fazendo agora, uma em Londres, outra no Canadá? Melhor nem pensar. Melhor pedir alguma coisa para comer, antes que fique de porre.

Examina rapidamente o cardápio e escolhe o tira-gosto da casa, uma mistura sofisticada de camarão, frutos do mar, aipo e especiarias impossíveis de serem listadas. Chama o garçom, faz o pedido, mas logo se arrepende e troca por uma porção de queijos e torradas, para não ter erro. Afinal, a noite está apenas começando. Mais tarde, se sentisse fome...

É impressão dele ou a figura da mesa vizinha, que faz par com o mulherão talvez esposa-talvez amante, lança sobre ele um olhar inquiridor?

Fabiano se endireita na cadeira, belisca o queijo sem muito interesse, examina as fêmeas disponíveis e não tem vontade de conhecer nenhuma delas.

A ruiva ao lado olha diretamente pra ele e o coração de Fabiano, até então bem comportado, dá algumas cambalhotas, caindo num ritmo sincopado.

Agora sim, senti o drama, tá rolando, com certeza. Que azar aquele cara na cola dela! Melhor eu cair fora, a maré num tá pra boto.

Levanta-se fingindo calma e procura o toalete, enquanto resolve o que fazer. Lava o rosto e se examina no espelho. Nada mal. A barba está bem aparada e o cabelo continua sob controle. Pelo sim, pelo não, examina os dentes. Desabotoa a camisa, dobra os punhos e volta mais confiante.

As duas jovens agora se beijam e, na pista, dançarinos solitários se aventuram em meio aos pares, de repente, em número considerável. Fabiano atravessa a boate, quase impune, exceto por um inesperado beliscão na bunda.

Ele se vira, assustado. A moça — alta, estilosa, coberta de tatuagem e *piercing* — ri e levanta o copo, assumindo a cantada. Ele ensaia um sorriso, consciente de estar um tanto *démodé* para esse tipo de assédio, mas gostando, e muito, do afago. Nada mal para quem acaba de chegar aos cinquenta, pensa. Em outra época, toparia na hora. Hoje, porém, esboça apenas um gesto dúbio, que nada significa.

Ao se aproximar da mesa, o casal olha para ele, ambos ao mesmo tempo, disparando o sinal de alerta em Fabiano, que logo sacode os ombros e se recrimina.

Coincidências acontecem, cara, deixa de ser encucado!

Ele ensaia um gesto para chamar o garçom, ainda sem resolver se encerra a noitada ou se parte pra outra. É quando o coroa, talvez marido-talvez amante, se levanta e caminha em sua direção.

Pronto, só me faltava essa!

Fabiano se põe na defensiva e espera. Mas a figura, que fazia par com o mulherão talvez esposa-talvez amante, estende a mão para cumprimentá-lo com uma expressão afável, desarmando-o de qualquer pensamento cabuloso.

— Já que está sozinho, minha esposa e eu notamos, por que não vem se juntar a nós? Seria um prazer. A não ser que esteja esperando alguém...

Pego de surpresa, Fabiano tropeça nas palavras.

— Seria... seria um prazer, com certeza, mas amanhã trabalho, ia até pedir a conta.

– Ah, bobagem, amanhã todos nós trabalhamos. E um drinque a mais não vai fazer diferença. Feche a conta aí e venha pra nossa mesa.

Ele se volta para a mulher, Fabiano faz o mesmo e ela acena com a cabeça, endossando o convite. Além disso, levanta o copo num brinde, enquanto esboça um sorriso.

Proposta irrecusável. Que se dane o resto. Se eu não perder o juízo agora, quando é que vou perder?

O homem estende-lhe a mão. *Um coroa nos trinques, o sortudo.*

— Heitor.

— Muito prazer. Fabiano.

Apesar da desconfiança, ele se muda para a mesa vizinha e, ao apertar a mão acetinada da mulher, seu coração galopa. Quarenta anos, no máximo.

— Laura — sussurra ela.

— Laura... Laura... tem a ver com aquela música, aquela do compositor... Poxa, não é que esqueci o nome dele?

— Ah, não esquenta — ela sorri. Braguinha. Mas você acertou na mosca, meu pai adorava essa música. E minha mãe também. Então, eu vim para ser Laura.

Maravilhosa!

— Com sua permissão, Heitor, posso perguntar a ela o "que é da rosa dos cabelos"?

— Ah, memória afiada, estou gostando de ver! Sabe que eu adorava flor no cabelo? Agora, não mais — retruca ela, sacudindo a cabeleira.

— Ela vivia enfeitada quando era minha secretária — aparteou Heitor.

– Sua secretária?

– Sim, já faz tempo, lá na empresa. Agora a conversa é outra, os papéis se inverteram. Quem manda é ela e eu tenho de seguir à risca o cronograma, a agenda e a planilha de custo.

Laura ri baixinho e sacode a cabeça, negando.

— Exagerado incorrigível! Ele fala isso pra todo mundo, não se impressione, Fabiano. Eu continuo secretária dele, ainda que doméstica.

— Que nada! Ela manda e desmanda em mim.

— Antes fosse, antes fosse...

Disposta a mudar o rumo da conversa, Laura pergunta a Fabiano:

— E você, faz o quê, além de curtir balada?

Ele acha graça da pergunta, raspa a garganta e resume, rápido:

— Tenho uma agência. Publicidade.

— Ah, que legal! Campanhas, modelos, novos produtos, cada hora uma coisa diferente.

— Legal, mas desgastante. Estresse pra lá e pra cá, uma maratona só!

— Melhor do que autopeças e postos de gasolina, não é querido?

— Sem dúvida. Vamos trocar, Fabiano?

— Seria uma experiência e tanto, Heitor. Pena eu não sacar nada de negócios. Na verdade, essa parte fica por conta do meu sócio.

Neste momento, as luzes se tornam suaves e a música se acalma. Laura se levanta:

— E aí, vamos dançar, querido?

— Mas, meu amor, você sabe que sou péssimo! É um esforço inútil, já desisti. Vê se me esquece. Chama o Fabiano, ele parece ser pé de valsa

Fabiano ri.

— Até que gosto, mas daí a ser pé de valsa...

— Então pronto, vamos lá!

Fabiano é arrastado por Laura e, quando se dá conta, já está na pista, dançando.

Isso não existe, cara, tá indo depressa demais, vai com calma ou...

Mas Laura logo se descontrai e, insinuante, cola o corpo no dele.

Atenção, Fabiano, isso é um teste. Não caia na armadilha. O marido tá lá, de olho. Cuidado, cara!

— Adoro essa música — sussurra ela.

Ele erra o passo e suas defesas vão ruindo, uma a uma. Quando se dá conta, estão agarrados no meio da pista, sem sair do lugar. Ela esfrega os seios no peito dele, dona da situação.

Caramba! E se o Heitor resolve levantar e vê a gente assim?

— Laura — balbucia ele.

Ele tenta falar, mas ela não se toca e continua a castigá-lo com as armas que tem.

— Melhor a gente voltar, Laura. O Heitor...

— Ah, esquece. Deixa ele pra lá, descansando.

— Eu acho que... Ela pressiona os lábios de Fabiano com seus dedos provocativos e ajusta o corpo ao dele.

Isso vai dar merda, ah se vai!

Por sorte, a música envereda pelo *rock*.

Bendito DJ, estou salvo!

— Então — ela fala, casual — vamos cuidar do Heitor?

— Claro, mais do que justo.

Heitor, alegre e bem-disposto, parece ter sido contagiado pelo frenesi que o rodeia. Quando Fabiano ameaça ir embora, ele é taxativo.

— Tudo bem, nós também vamos, mas a saideira vai ser lá em casa.

— Ótima ideia, querido! Pede a conta, então.

— Mas eu...

— É aqui perto, não se afobe. E a gente acorda o motorista... — brinca Heitor, piscando pra Laura.

Ela olha pra Fabiano de um jeito que neutraliza qualquer chance de dizer não.

— Tudo bem, então. Vamos lá.

Agora sim, pirei de vez. O quê que tá acontecendo comigo, afinal? Se ela me mandar pular do vigésimo andar, eu pulo?

Apesar das dúvidas ele acompanha os novos amigos, que moram em um condomínio pomposo.

— Bela casa a de vocês, Heitor!

— Feita no capricho, você nem imagina. Laura ficou no pé do arquiteto, do engenheiro, do mestre de obras e no meu. Se não saísse de acordo, sobrava pra mim.

— Não falo que ele é exagerado? Mas nesse caso até que tem razão. Fiscalizei mesmo. Foi corpo a corpo, senão não saía do meu jeito.

— É, ela ficou encarregada da construção. Então, vamos a um brinde?

Fabiano, atento ao seu limite, apenas molha os lábios.

A conversa muda de tom, fica mais intimista, e ele se revela um adolescente excitado, falando do colégio. Mas o dono da casa, interrompendo suas memórias, anuncia que vai se retirar porque está morto de sono.

— É, me empolguei, falei demais. Já estou indo, Heitor — diz Fabiano.

— De jeito nenhum, imagina! Fique mais um pouco com Laura.

— Claro! Pra que sair correndo? Estou louca pra saber como acaba essa sua história.

— Outro dia, Laura, outro dia. Prometo.

— De jeito nenhum, tem de ser hoje, agora!

— É isso aí, Fabiano, fique, faço questão. Eu não dou conta de acompanhar vocês. Tenho esse lance de sono súbito, sabe? Até perigoso. Apago em qualquer lugar.

— Deixa comigo, amor, vou pegar no pé dele.

— Ah, não duvide, Fabiano, ela é ótima nisso.

Laura disfarça o riso.

— Terminamos o drinque e deixo você ir, Fabiano. Não vou abusar da sua boa vontade. Curto demais a madrugada e...

— E como! Troca o dia pela noite e eu vou pro trabalho feito zumbi.

— Ô, coitadinho. Tão sofrido, tão abusado!

Heitor ri, cúmplice, e encerra a conversa dando um beijo em Laura.

— Boa noite, então, Fabiano.

— Boa noite, Heitor. Foi um prazer. E obrigado pelo convite.

— O prazer foi meu, ou melhor, foi nosso. Volte quando quiser.

— Sim, vou deixar meus contatos com Laura.

Mal Heitor vira as costas, Laura refestela-se no sofá, livrando-se dos sapatos.

— Desde pequena sou assim, dormia o mais tarde que podia e detestava ter de levantar. Acho que puxei ao meu pai, boêmio assumido. Se bem que minha mãe também tinha uma quedinha pra boemia, mas, com quatro filhos, ficava difícil, quase impossível.

— Falar nisso, vocês não têm filhos?

— Eu não, nunca quis. Heitor, sim, tem um rapaz e uma moça, do primeiro casamento.

Ela esfrega os pés, um no outro, enquanto Fabiano, sem voz, se delicia com a cena.

— Acho que vou pro inferno — ele deixa escapar.

— Hã, inferno? Quem quer saber de inferno?

— É que, olhando pra você, só tenho pensamentos proibidos. Daqueles que a gente precisava confessar antes de comungar.

— Você, eu não. Pra mim não existe esse negócio de pensamento proibido não.

— Sorte sua, não tem que lidar com culpa.

— Minha família não era lá muito chegada à religião. Só cuidava do básico: batismo, primeira comunhão, casamento, enterro. E parava por aí.

Os olhos de Fabiano passeiam pelas pernas de Laura. *Que delícia!*

— E aí, vai ficar só olhando? — ela se mostra, sem pudor.

— O que mais posso fazer? — ele retruca em sobressalto. "Que pode uma criatura senão, entre criaturas, amar?"

— Nossa! Virou poeta de repente. Até que eu gosto, mas homem de ação é o que me interessa de verdade, pode apostar.

Fabiano, esquecendo códigos e riscos, atira-se sobre Laura.

— Até que enfim! — murmura ela entre beijos mordidos.

Por que será que a adolescência só tem prazo pra começar?

— E se o Heitor...? — ele ensaia dizer.

— Esquece, amor, esquece o Heitor. Depois que apaga, só acorda se o teto cair em cima dele. E olhe lá!

As mãos gulosas de Fabiano exploram as curvas de Laura, invadindo suas intimidades.

— Não dá, assim não dá — ela sussurra. Vamos lá pro quarto.

— Que isso, Laura, perdeu o juízo?

— Perderia se eu tivesse.

— Mas eu sim, tenho — declara ele se levantando.

Ela salta do sofá e barra seu caminho, abrindo os braços.

— Daqui você não sai.

— A gente combina outro dia, outro lugar.

— Nem pensar, quero agora. Foda adiada não faz parte do meu cardápio.

— Mas seu marido...

— Tá dormindo no quarto dele. Eu durmo no meu. Simples. E a casa é grande.

— Acha que eu tenho coragem?

— Claro. Qual o problema? Vai me deixar sozinha, me masturbando?

— Caramba! Não dá mesmo pra discutir com você.

— Com certeza — ela encerra, rebocando-o para o quarto.

Mergulhado na penumbra, o lugar faz jus à dona e dispõe, inclusive de música ambiente.

Suíte máster pra ninguém botar defeito. O cara é abonado mesmo.

Fabiano esquece Heitor completamente quando Laura arranca as roupas em ritmo alucinado, jogando-as no chão. Ele faz o mesmo e já está pronto.

Hoje os deuses me abençoaram.

— E a porta, não vai trancar? — pergunta ele, num resto de juízo.

— Ah, esquece. Vem cá, vem.

Na cama, capaz de alojar com folga três pessoas, eles repassam o *kama sutra* e seus corpos parecem se conhecer de longa data.

Que mulher, que mulher!

Fabiano se entrega, consciente de ter sido escolhido e feliz por isso.

Laura não se policia e geme alto, escandalosa. Ele morde os lábios, sufoca os gemidos e se derrete inteiro. Assim que desaba sobre ela o corpo trêmulo, ele tem a sensação de que não estão sozinhos.

Ai, meu Deus. E se for o Heitor? Se for, estou morto.

— Laura? — balbucia.

— Fala, querido.

— Tem alguém aqui.

— E daí? - ela ri.

— Daí que... não faz sentido.

— Claro que faz, amor. Nesta vida tudo faz sentido, não sabe?

Fabiano respira fundo, antes de se virar. Antes de se virar e ver a porta entreaberta, exatamente como havia deixado. Com os sentidos aguçados, ele transpira forte e espreita.

Passos furtivos na escada ou o vento nas cortinas da sala?

O clique do ar-condicionado ou do interruptor, ao longe?

Passos que se aproximam ou se afastam?

Ai, meu Deus, e agora? Estou liquidado.

Abandonando Laura, Fabiano salta às cegas e se prepara para o ataque.

O HÓSPEDE

Os sinos do Glokenspiel vibram pontualmente às dezessete horas quando, sobraçando considerável sacola de livros, saio do metrô e piso a Marienplatz, o que me traz conforto — a certeza de estar ancorada no tempo e o alívio de saber que o mundo se mantém dentro da normalidade, sujeito a uma lei maior a ordenar coisas e ideias, e a colocar em marcha a humanidade. Prova disso é que, lá no alto da torre da Prefeitura, os bonecos do carrilhão se põem mais uma vez a dançar em homenagem ao Duque Wilhelm V e a sua consorte Renata; as bodas, que aconteceram no século XVI, são sempre aqui festejadas, para deleite dos turistas. Giram cavaleiros em suas armaduras, lanças em punho, músicos, pajens e arlequins em trajes típicos. Além das núpcias, os arautos anunciam também o fim da peste etc.

O fim *daquela* peste que arrebanhou muitas almas em 1500 e pouco. Motivo de comemoração, sem dúvida. Entretanto, uma peste, desde sempre, sucede a outra, mantendo a rédea dos acontecimentos, esticada e tensa. Nem bem se resolve uma, lá vem outra, travestida, mascarada e enigmática. Tétricas, todas elas. *Oh, la mato y aparece una mayor!* — canta Mercedes Sosa.

Não fosse o vento gélido infernizando a praça, eu ficaria mais um pouco aqui, em meio aos passantes e curiosos, adiando o momento de voltar para casa e lá me enterrar até segunda-feira, quando tenho de voltar ao trabalho enfrentando duas conexões de metrô e um ônibus minúsculo, de circulação local.

O som vibrante do carrilhão se cala e as pessoas começam a se dispersar. Também eu terei que me pôr em movimento, decidir que rumo tomar.

O inverno, que avançou com garras de rapina nos últimos meses e começou a arrefecer na semana anterior, de repente deu uma reviravolta, consolidando-se como o mais severo das últimas décadas. E cá estou eu, ao sabor de seus humores cáusticos, uma criatura perdida entre outras tantas, sem muita esperança de encontrar abrigo a não ser numa espécie de caverna próxima daqui, onde costumo lanchar antes de retornar ao apartamento. Um lugar acolhedor, mas ao mesmo tempo impessoal. Está sempre cheio, não só pela qualidade do que servem, mas também pela variedade dos produtos: as gôndolas oferecem verduras, massas, carnes e embutidos, de modo que cada cliente possa montar seu prato, intermediado pelo atendente do setor. Os funcionários, embora solícitos e bem treinados, guardam uma distância considerável dos fregueses, mesmo dos frequentadores assíduos. Duvido que algum deles seja capaz de fazer meu retrato falado, por exemplo, caso necessário.

Desço as escadas e procuro um lugar onde possa me instalar, mas a empreitada não é fácil: os clientes se acotovelam nos balcões e também ao redor das altas mesas redondas, anteparo para os avantajados copos de chope. O ar estagnado condensa os mais diversos odores: carne na chapa cerveja cebola na manteiga salsicha repolho nabo camarão peixe joelho de porco vinho... Por um breve momento, fico tonta com o forte contraste entre o ar rarefeito da praça e o ambiente abafadiço, repleto de cheiros conflitantes. Tonta e ligeiramente nauseada, procuro com os olhos um lugar onde me encaixar. Um grupo de alegres senhores empunham os copos para mim e me acenam. Aceno de volta, agradecendo.

Não dá para ficar, ainda mais carregando sacola. Hesito apenas um instante e subo as escadas de volta, no mesmo embalo. Definitivamente, não estou disposta a lutar tanto por tão pouco. Além do mais, me consolo, melhor não me aventurar, com esse tempo de maus bofes e a noite a se instalar por todos os lugares, particularmente dentro de mim. Mais seguro ir direto para casa. Não que a cidade me pareça ameaçadora. Ao contrário, caminhando pelas ruas ou sentada nas praças é onde me sinto tranquila. Assim que ponho os pés no edifício antigo da Jahnstrasse sou tomada de grande inquietação, refém de um permanente estado de alerta. Sem motivo, claro. Tudo segue conforme o acertado com a senhoria e eu devia estar satisfeita. Tive sorte, não tenho dúvidas quanto a isso.

O que fazer, então, neste final de semana, se esqueci de programar com antecedência meus poucos e eventuais compromissos?

Voltar aos museus próximos — Neue ou Alten Pinakothek, ao Residenz, talvez — é o máximo que posso desejar, para preencher meu domingo. No sábado, com certeza me desincumbiria das tarefas que prometi à senhoria cumprir durante a ausência dela. Com este inverno interminável, e para meu desalento, nada de Englische Garten ou Viktualienmarkt. Nada de chope e salsichas e galetos ao ar livre, naquelas mesas vastas e acolhedoras. Nada de passeios por alas verdes e descanso na relva, apreciando os corpos nus que integram a paisagem do parque sem causar ruído, como um *lied* apenas sussurrado.

Pena. Tenho que me contentar com os livros. Pilhas e pilhas de livros. Além do mais, atrapalhando tudo, além da justa medida, a algaravia dos meus pensamentos.

As plantas da senhoria, sob meus cuidados enquanto ela goza do semestre sabático, poderiam ser uma distração, mas tornaram-se fonte de estresse. Apesar de seguir à risca as instruções recebidas, percebo que elas se ressentem e reclamam algo que não sou capaz de lhes dar. As violetas, por exemplo, perderam o brilho logo nos primeiros dias, de forma inexplicável. E o cacto-bola retraiu seus espinhos, ao passo que das begônias só restam folhas. Já a flor-de-seda tem sido motivo de grande preocupação. Quando assumi a gerência da moradia, ela mantinha o porte altivo e não se curvava ao peso de suas muitas flores. Mas constato, apreensiva, que perde a pose e se encolhe pouco a pouco, de forma silenciosa. Talvez seja um processo natural, o prenúncio de um tempo de dormência próprio da espécie. Fossem livros a mofar ou traças a comê-los, eu saberia como proceder. Até baratas eu enfrentaria sem titubear, um ninho delas, e sairia vitoriosa. Sorrateira (tanto quanto as *cucarachas*), posso envenenar seus redutos, golpeá-las nos cantos das paredes ou nas frestas dos armários — sem me abalar.

Há poucos dias tive que me lançar em uma empreitada semelhante: exterminar um bando de mariposas que subitamente invadiu a cozinha, evadido não sei de onde. Teriam elas se metamorfoseado nas sombras da pequena dispensa, em meio a batatas, farinhas e grãos? É provável que sim.

Furiosa, dei cabo dessas bruxas, deixando o chão em estado deplorável, o que me obrigou a uma limpeza extra no momento em que eu deveria estar, como de hábito, me preparando para dormir.

Pensei ter ficado livre delas, mas na noite seguinte algumas voltaram a me visitar quando eu degustava, sem grande entusiasmo, meu creme de ervilhas semipronto. Foram chegando sorrateiras e tomando posse do aparador, do pequeno forno elétrico e...

Deixei a sopa pela metade e lancei-me a elas. Dessa feita, terminei logo o serviço, uma vez que eram em número bem menor. Mas fiquei exaurida. Aliás, eu andava cansada nos últimos dias, suportando um fardo nas costas e um grilhão nos pés. Como não dormia bem, as olheiras denunciavam minhas noites em claro. Por sorte, o hóspede não me pesa. De todos os encargos assumidos por mim, é esse o mais desconcertante e o menos trabalhoso. Pelo menos até agora.

Na noite em que ele chegou, para aqui se instalar durante os próximos meses, trocamos pouquíssimas palavras e nos entendemos por mímica. Entreguei-lhe as chaves, a carta e as instruções detalhadas da senhoria. Ele domina o alemão. Eu é que não. Sou uma leitora mediana, desde que tenha tempo e um bom dicionário por perto. Também tentamos nos entender em romeno, sua língua pátria, que dizem ser bem próximo ao português por pertencer ao grupo latino. Mas nossos esforços foram, no mínimo, frustrantes.

Em geral, quando volto da biblioteca no começo da noite, ele já saiu ou está se preparando para sair rumo ao laboratório, onde dá plantão e desenvolve sua pesquisa — assim entendi, juntando suas palavras do ramo itálico e germânico. Trocamos acenos ligeiros ou resmungamos rápidos cumprimentos antes que a chave gire na fechadura e o silêncio, cheio de estalos e perguntas, invada o apartamento. Pela manhã, ao me levantar, ele já estará recolhido em seu quarto. Faço o possível para não o perturbar, pisando na ponta dos pés e fechando as portas, ruidosas, com zelo máximo, quase com carinho. E assim sucessivamente, os dias vão se acumulando ou, melhor, sendo subtraídos do tempo que me resta aqui.

Mal o vejo. Neste reduto onde habito, estou consciente de sua presença onde quer que eu esteja. Às vezes me pergunto que idade terá. Jovem já não é. Poderia ter cabelos brancos, mas não os tem ou não pude percebê-los. Estatura e porte impressionaram-me desde que o conheci. Esguio e alto, movimenta-se sorrateiro, mas senhor dos próprios passos.

Meus dedos começam a ficar dormentes quando dobro a esquina e acelero o passo, quase corro em direção à entrada do prédio. Um enorme gato cor de asfalto, indiferente ao frio, caminha vagaroso em minha direção. Diante da porta almofadada, ele fareja a calçada, o bueiro, solta um lamento agudo, me assustando, e sai em disparada, transferindo-se de um salto para o lado oposto da rua.

Ainda com o coração aos galopes e, com a mão trêmula, tento acertar a chave no buraco da fechadura e só depois de alguns ensaios consigo ser bem-sucedida. A porta emite um rangido peculiar quando ultrapasso a soleira. Finalmente.

Piso o primeiro degrau de tábua larga, que solta um gemido e oscila; dentro do esperado, devo dizer. Incorporei esse som, que já me é familiar. Galgo a escada com cautela, apoiando-me no corrimão encerado. Meus passos ecoam graves, enquanto sinto o coração, ainda desconforme, buscar seu ritmo normal. Mais dois lances e estarei em casa.

Lembro-me das mariposas e meu estômago se rebela. Estarão à minha espera? Intrigada com seu ataque insistente, pus de lado as leituras sobre o folclore germânico e resolvi me inteirar das peculiaridades da espécie. Um verbete me levou a outro e acabei extrapolando. Descobri que os astecas chamavam a mariposa de Sol Negro, na crença de que ela atravessa mundos subterrâneos em sua viagem noturna. Simboliza a morte, assim como a imortalidade, em seu ciclo de transformação contínua. Representa também a força consumidora da paixão: voando em torno do fogo, é atraída por ele de forma irresistível, até ser queimada. Paixão e morte, indissociáveis. Sortilégio macabro.

Não sinto alegria, e sim uma espécie de alívio, quando empurro a enorme porta — que me lembra o quanto sou pequena e frágil. Só uma das folhas se move, pois a outra permanece fixa, graças ao trinco perpendicular que a prende à trave superior. Entro e uma onda de frio me faz arrepiar. A temperatura aqui não está diferente da temperatura da rua, o que me deixa intrigada. Nenhuma luz acesa, conforme o esperado. Não se pode desperdiçar energia, recomenda a senhoria, em lembretes deixados no banheiro, na sala e nos quartos, inclusive no quarto do hóspede.

Ele já se foi. O apartamento, imerso na penumbra, me recebe em silêncio. Mas o assoalho trepida, ciente dos meus passos. Sinto-me uma intrusa; mais do que isso, invasora.

Estou certa de não ter deixado nenhuma janela aberta, mas parece haver uma corrente de ar gelado em movimento pela casa. Aliás, as janelas da cozinha são as únicas que abro e todas as outras permanecem cerradas o tempo inteiro, como de costume. Por isso sigo direto para a cozinha, onde apuro que continuam fechadas, tal qual as deixei. Rapidamente vou acendendo luzes, enquanto inspeciono o restante dos cômodos. Mas tudo continua como antes, em total quietude, hermeticamente vedado a qualquer invasão do mundo lá de fora.

Sem decifrar o enigma, refaço o caminho e vou à sala de banho, lavar as mãos. A porta, que fica exatamente em frente à vidraça acima do vaso, está aberta de par em par e, para meu espanto, não só ela. Também a janela se encontra escancarada. Mas com certeza deixei-a trancada, falo alto. Outro dia tentei abri-la para fazer uma limpeza completa e não consegui. Quem, a não ser o hóspede, teria feito isso? Que desplante! E a troco de quê, se nem banho ele toma? As toalhas continuam dobradas, intatas — resmungo, enquanto puxo a corda e passo o trinco na janela. E se tomasse, seria então um banho gelado?

Estou tão cansada que desisto de entender. Na cozinha, nenhuma bruxa à vista. Por enquanto. Ligo a estufa e giro o botão ao máximo, tal é minha ânsia por uma fonte de calor. Fervo água para o chá e vou roendo torradas com uma magra fatia de queijo; e só. Basta. Por hoje, basta. Amanhã será outro dia, igualmente frio. Na casa, só os quartos têm aquecedores, aqueles que não existem mais no mercado, mas operam ainda nesses prédios antigos. Não entendo como funcionam. Será que existe uma serpentina interna, imbricada nessas reentrâncias? Cada vez que a temperatura cai e o termostato se arma para manter a temperatura média, eles estalam, bufam e cacarejam, num mau humor contagiante. Fico com os nervos em frangalhos e desejando desferir golpes de caratê nesses elefantes brancos. Mas eu não sei caratê.

Como não tem televisão (um luxo, explicou-me a senhoria, já que se paga caro pelo serviço), só um pequeno rádio me conecta com o resto do mundo; mesmo desligado, ele continua com um ponto de luz aceso, ou seja, continua roubando energia caso permaneça plugado. Então, não devo me esquecer de tirar o fio da tomada quando sair — recomendou-me ela.

A senhoria e eu não assinamos nenhum contrato e nosso acordo foi feito olho no olho, sendo finalizado com um aperto de mãos. Um acordo providencial para ambas as partes. Ela precisava de uma pessoa para receber o novo inquilino e manter as coisas funcionando, e eu precisava de um lugar para me abrigar temporariamente. Gerenciando sua moradia, obtenho 50% de abatimento na mensalidade que eu deveria pagar. Nada mais justo. O ponto é estratégico e a rua não tem defeito. Também a manutenção do prédio não deixa nada a desejar. Quanto ao apartamento, sou capaz de apostar que nunca sofreu nenhum reparo desde o fim da Segunda Guerra, o que em nada diminui seu charme, reconheço. É amplo, claro e tem pé-direito alto, o que para mim conta ponto a favor, já que me sinto oprimida com tetos baixos ou rebaixados. Além de tudo, o lugar tem privacidade.

Vizinho não fica me olhando nem tenho que ficar olhando vizinho. E posso vislumbrar o céu, ainda que pálido.

Resisto à tentação de voltar à sala para verificar o estado das plantas, indo direto para debaixo das cobertas. Aleatoriamente pego um dos livros na mesinha de cabeceira, *As Pontes de Madison County*, porque hoje seria especialmente bom fazer esse percurso amoroso e sensível, em tons pastéis, sem maiores sustos. Procuro localizar a página onde parei, pois o marcador desapareceu. Vou lendo, lendo de trás para a frente e não reconheço o trecho ou simplesmente não lembro nada. Caramba! Desse jeito vou acabar na primeira página. Ou no prefácio.

Desisto dessa empreitada e lanço mão de *Maus presságios*. Günter Grass não é fácil, mas quem disse que a vida é? Sapos e premonições. O ciclo das estações, o ciclo da humanidade e suas constantes retomadas. Nessa sequência de fases, o inverno é a provação final: encerra o processo, significando a morte e, ao mesmo tempo, um novo começo.

Estamos todos vivendo a morte? E o que significaria um novo começo?

Agora que estou aquecida, respostas não importam tanto. Faço uma pausa e ligo o rádio, com esperança de ouvir Beethoven. Curiosamente, Rachmaninoff me toma de assalto. Não é primeira vez nem a segunda que isso me acontece, como se neste aparelho específico não existisse outra música possível, como se o rádio fosse na verdade um gravador cuja memória comportasse apenas a *Suíte para Cello e Piano em G Minor*. Fecho os olhos e me entretenho imaginando coisas possíveis e outras tantas, improváveis.

Quando o locutor, com sua voz maçante, começa a dar as notícias locais, desligo. Continuo de olhos fechados e me concentro na respiração, para ver se consigo relaxar e ter uma boa noite de sono: o ar que entra (frio) pelas narinas, o ar que sai (morno), o ar que entra (frio), o ar que sai (morno), o ar que entra (frio), o ar que sai morno morno morno... O morto é frio não é morno, o morto é frio não é morno, o aquecedor estremece cospe calor, a humanidade toda repete o feito, o mesmo feitio, desgraças, sapos e premonições e mariposas em volta da luz, bruxas que visitam o reino das sombras e me levam me levam para outros invernos, outros começos em terras estranhas.

Sobrevoo uma vila engolfada pela neve, de onde seus habitantes desapareceram. É dia e é noite. Longe, observo o que parecem ser várias cruzes. Ao me aproximar, descubro que não são cruzes, mas homens empalados que ainda agonizam. Aterrorizada, fujo, mas sou capturada pelos cavaleiros e levada a uma tenda que se contrapõe à cena macabra. Um homem se farta à mesa, come e bebe do melhor. Mas larga tudo quando me vê e se atira sobre mim, os olhos azuis reluzentes lançando chispas de fogo. Seu beijo me sufoca e tem gosto de sangue, mas eu me rendo na certeza de ser seu par. Então...

Acordo tiritando, um gosto de sangue na boca. Chuto o edredom às pressas e reviro o armário para pegar uma manta. Depois, tenho quer ir à cozinha em busca de guardanapo para limpar os lábios, que porejam. Tudo por causa do maldito sonho. Nas paredes, algumas mariposas descansam de suas viagens noturnas.

Durante toda a madrugada não faço outra coisa senão revirar na cama, entorpecida, meio desperta meio inconsciente. À certa altura, um sapo coaxa com estridência — ou seria uma gata no cio? — e me arranca desse estado mórbido. Completamente lúcida, ouço apenas o tartamudeio contínuo do aquecedor matusalênico. No entanto, se apuro a escuta, capto ainda, como pano de fundo, os passos leves e onipresentes do hóspede, que desliza pela casa como se tivesse os pés metidos em pantufas.

Sem dúvida nenhuma, amanhece. Daqui a pouco levanto e começo a lida, circunscrita ao âmbito da casa.

Um breve café e, munida de pequeno regador, já estou na sala para atender às plantas. Sempre começo pela flor-de-seda, porque exerce forte fascínio sobre mim. Mas estaco quando noto, sobre a mesinha oval ao lado dela, uma flor exótica: minúscula, sisuda e frágil, ela se abre em nervuras roxo-berinjela intenso, quase negro, e tem labelo rosa pálido. Parece ser uma orquídea *Dracula*, gênero que conheci faz pouco tempo, numa exposição em que foram exibidas inúmeras espécies, com grande variação de formas e cores.

Examinando-a de perto, constato que é diferente, nunca vi nada igual. Mas vou ter de esperar até segunda-feira para satisfazer minha curiosidade, pesquisar. Além disso, uma pergunta, mais relevante, se sobrepõe às outras: como esta orquídea veio parar aqui, senão pelas mãos do hóspede? Que estranha maneira de agradar ou marcar presença! Sacudo os ombros e me inclino para cuidar da flor-de-seda.

O que vejo abala ainda mais o meu humor, já comprometido pela noite. Um terço das flores está murcho, desidratado, e outro tanto caiu, cobrindo o suporte da planta. Entro em pânico. Segui as instruções, fiz tudo certo, nem água demais nem água de menos; ou seja, nada justifica tal desastre. Corro a examinar as outras plantas, que me parecem bem, ainda que pequem por não mostrar nenhuma *joie de vivre*.

Suspiro, pois não há o que fazer, e dou sequência ao restante do sábado: lavo, limpo, escovo, organizo — para merecer o descanso amanhã. Faço tudo enquanto escuto o rádio em surdina, sem bater porta, sem deixar escapar das mãos objetos que se espatifariam no ladrilho da cozinha ou rolariam pelo piso de madeira, incomodando o hóspede. Só não posso evitar o ranger das tábuas, eventual e escandaloso.

Também não pude evitar o som estridente da campainha, no meio da manhã. Quem poderia ser, àquela hora? Fui verificar, na ponta dos pés. Não só para não perturbar o hóspede, mas porque havia recebido ordens explícitas da minha senhoria: que não atendesse a porta em nenhuma hipótese e sob nenhuma circunstância; que não recebesse nenhuma correspondência nem assinasse nenhum papel, sob pena de nosso trato ser imediatamente desfeito. Se eu assinasse o recibo de qualquer notificação, isso poderia ser usado contra ela. Não entendi muito bem seus motivos, mas nada objetei. Melhor não saber.

Prendo a respiração e, pelo olho mágico, observo um homem de meia-idade, trajando uniforme escuro, que roda nas mãos um envelope timbrado. Ele parece nervoso e encara a porta com ar desafiador. Toca de novo a campainha, hesita um instante e, por fim, faz uma careta de desdém, virando as costas. Respiro aliviada e retomo a faxina.

No final do dia, missão cumprida, cuido de mim — cabelos, unhas, pelos — uma faxina e tanto, ritual que faz parte dos meus hábitos. Exausta com o redemoinho que eu mesma provoquei, ponho para esquentar uma lasanha congelada, que por sorte acho estocada no fundo do congelador; faço questão de não olhar o prazo de validade. Também encontro na dispensa uma garrafa de vinho tinto, que resgato das mariposas, já falecidas. Menos mal.

Agora posso me sentar na sala e admirar a nova orquídea e escolher um dos livros e aumentar o volume do rádio, pois está na hora do hóspede sair. Sempre sai a esta hora, mesmo que não trabalhe. Acho que já se acostumou a trocar o dia pela noite. Escuto-o tossir de leve, pigarrear e, em seguida, se dirigir ao banheiro. Lembro, então, que falta varrer o quarto dele, trocar a cama e recolher a roupa suja. Mas posso fazer isso mais tarde, depois de tomar um fôlego. Melhor do que comprometer o meu domingo. Dessa vez vou sim entrar no quarto dele e fazer o que tenho que fazer, sem anunciar. Se peço e ele diz não, me dispensa, sou obrigada a respeitar sua vontade. Por outro lado, se não aviso, quem vai me impedir, já que o quarto nem chave tem? Aliás, só existe chave na porta de entrada. E trinco no banheiro. Manter a porta fechada fica por conta da maçaneta que às vezes masca, gira em falso, e é preciso fazer algumas tentativas até que a lingueta se solte e cumpra sua função.

Começo a segunda taça de vinho quando ele, sorrateiro, entra na sala já pronto para sair, de casaco e luvas. Levo susto, como uma garota levada surpreendida no meio da travessura. Ele se aproxima e, esquecendo a timidez, me olha direto nos olhos enquanto eu balbucio algumas palavras, sem me convencer da importância delas. Ergo a taça e aponto-lhe a flor. Queria dizer que bebo à orquídea rajada de roxo-berinjela, ao inverno, ao acaso e às ciladas do destino, às mariposas e ao azul cinza-pálido dos seus olhos. Ele ensaia um sorriso e reparo que nunca o vi sorrir de fato, é sempre um esboço daquilo que seria e que logo se desfaz, sem terminar. A linha dos lábios é fina e requintada, mas a carnadura é firme, sem dúvida apetitosa.

Amanhã, ele diz. Amanhã.

Ainda sob o efeito desse inesperado encontro — e do vinho, claro — observo a figura desaparecer no corredor, ouço a chave girar e seus passos se distanciarem na escada. Foi um dia e tanto, não posso me queixar. E eu estou alucinando, é certo. Com os sentidos apurados, me dou conta do perfume — um tanto doce um tanto ácido — que toma posse do ambiente. Então me levanto, para escapar à sua magia. Dou três passos e retorno, curvando-me para olhar a flor mais de perto, na tentativa de decifrá-la. Ela evoca algo que faz parte de minhas memórias remotas, mas não sou capaz de identificar sua origem. Que estranho! — murmuro, sentindo um calafrio. É impressão minha ou corre solta uma corrente de ar gelado?

Decidida a cumprir a palavra dada à senhoria e a satisfazer minha curiosidade, encho-me de coragem e empurro a porta do quarto. De imediato, fico chocada com o excesso de organização. Sapatos e botas, todos pretos e ainda novos, se alinham sob o guarda-roupa de pés altos. Na mesa de cabeceira, um pequeno rádio-relógio, um mapa da Alemanha e outro da América do Sul, no qual uma seta vermelha destaca os Andes. Na estante precária e sobre a mesinha ao fundo, estão vários dicionários e obras em diversas línguas, assim como livros técnicos nos campos da biologia e medicina, a maioria deles sobre hematologia, objeto de sua pesquisa. Nenhum porta-retratos, nenhuma fotografia. Também não encontrei, em meu rápido exame, agenda ou pista de sua história pessoal.

Abro as portas do guarda-roupa com cautela, pronta para escapar a uma possível armadilha. O vinho me afetou, de fato. As dobradiças, enferrujadas, reclamam e prometo a mim mesma azeitá-las na próxima semana. Dentro, camisas enfileiradas em sequência de puro branco, algumas ainda com etiqueta. Paletós, casacos, sobretudo e capa se enfileiram na cor preta, praticamente novos. Enxoval completo para um programado recomeço?

Na prateleira, um estetoscópio dentro da embalagem, assim como um medidor de pressão. Cueca, meia, perfume francês, creme de barbear, caneta e outros apetrechos que pouco foram usados. Acho que ele abandonou todas as lembranças, todos os fardos, disposto a se lançar em outro enredo, outra aventura — sem resquícios do passado.

Tenho que me apressar se quero deixar as coisas prontas hoje ainda. Corro à despensa, onde guardo os utensílios de limpeza, e trago luva, vassoura, pano de chão, desinfetante e balde com água. Tiro a roupa de cama, que não está tão amarfanhada assim e, na fronha, noto pequenas manchas escuras que, observadas de perto, parecem ser sangue coagulado. Provavelmente ele se feriu fazendo a barba. Vou ter que esfregar e colocar alvejante para removê-las.

Arregaço as mãos e me atiro ao trabalho com afinco e também com uma espécie de exasperação. Não me reconheço. Por que tenho de fazer isso agora e não amanhã ou depois? O que me leva a este ato tresloucado? Ninguém me obriga a nada.

Termino por volta de dez da noite, exaurida, e depois de tomar vários copos de água vou direto para a cama. Amanhã será outro dia, igualmente frio. E Günter Grass me espera. O mito do eterno retorno sempre me fascinou e estou curiosa para saber dos presságios dele, para ver se me distraem dos meus.

Mas logo a apatia me abocanha e desisto do livro. De qualquer livro. Aliás, de qualquer coisa. Durmo com a lamúria do vento, sentindo alívio por estar abrigada aqui, nesta casa provisoriamente minha.

Mais uma vez, o sonho. O sonho, que eu havia esquecido ao longo do dia, se repete e percebo outros detalhes que não fui capaz de detectar. O homem me agarra outra vez sob a tenda no descampado, onde estamos sós. Seus olhos azuis, adormecidos em cinza-pálido, se acendem quando ele me toma e os lábios duros, famintos, me acordam inteira. Ele me suga, o sangue brota e sinto escorrer uma baba ardente, entre as pernas.

O gato solta um miado agudo debaixo da minha janela, fazendo-me saltar da cama. Mas logo se cala, transferindo a estridência para dentro de mim. De que vale esse silêncio todo lá fora?

Pouco antes de amanhecer, tive a impressão de que passos se aproximavam da minha porta e me preparei. Na penumbra, fixei os olhos na fechadura, esperando a maçaneta girar. Tive certeza de que o hóspede havia voltado, embora eu não tenha escutado a chave na fechadura nem o gemer da porta. Mas senti sua presença inundando o quarto.

Temendo por minha sanidade, levanto disposta a passar o dia em um dos museus, comer alguma coisa por lá e só voltar no final do dia. Preciso me distrair. Não posso dar corda aos meus delírios. Isso é o que acontece, me repreendo, quando se entabula monólogos e se conversa apenas com livros. Não não. Tenho que tomar providências, enquanto é tempo. Ver outras pessoas e caminhar, ainda que sejam poucas quadras, me fará bem. É só ter cuidado com a camada de gelo na calçada. Terá nevado?

Tomo café com açúcar para amenizar as coisas, o que raramente faço, acompanhado de uma fatia de pão integral e estou pronta para sair. Mas antes passo na sala, como de hábito, para dar uma olhada nas plantas.

Eu precisaria ter comido 1 kg de açúcar e outro tanto de chocolate para me compensar. Porque agora não se trata de paranoia, mas de um fato. A flor-de-seda, para meu desespero, está toda murcha; algumas de suas flores pendem ainda das hastes, enquanto a maioria jaz no chão, como que desfalecida. Em suspense, passo em revista as outras plantas, que aparentemente não sofreram nada além dos problemas já pontuados. Ainda bem. Vou comprar outro vaso e nem preciso notificar à senhoria, é o que decido fazer.

Deixo aquele mundo particular para trás e desço as escadas em ritmo acelerado, ansiosa por retomar o controle da situação e reafirmar minha autonomia. Poucos passos adiante, vejo o gato estirado ao comprido na calçada. Mas que doido ele! Com esse gelo todo...

Eu me aproximo e ele não se move.

Acelero o passo e ele não se move.

Imaginando uma tragédia, chego perto e constato o que eu já sabia: está morto. Os olhos cor de mostarda, bem abertos, miram o céu. A despeito do asco, empurro o corpo enrijecido com a ponta da bota, de modo que fique estirado ao longo da parede do prédio. Na volta cuido dele.

Continuo a caminhada em ritmo forte, pensando no fim que eu poderia dar a essa criatura. O domingo começa mal. Muito mal. *Oh, la mato y aparece una mayor!*

Eliminando as alternativas de forma involuntária e sem me dar conta da escolha feita, meus passos me levam ao Residenz. Reforço a escolha, agora de forma consciente: o museu é inesgotável e, mesmo que eu volte lá uma dúzia de vezes, não serei capaz de explorar as intermináveis galerias e as inúmeras salas que o compõem. Além de tudo, são pátios e pátios: do Imperador, da Fonte, da Gruta...

Neste domingo, o Jardim da Corte, tão vibrante e cheio de vida na primavera, está deserto. Quem sabe busco consolo na Fonte das Conchas, no Templo de Diana? Quem sabe me sento numa das laterais do *Antiquarium*, mimetizando-me com seu arcabouço e detalhes renascentistas?

Na passagem para o Pátio da Fonte, afago os leões de bronze para que me tragam sorte, conforme a crença local. Há de ser uma forma de reprogramar o dia. Será que escolho admirar as joias da Rainha Teresa? Será que vou ver miniaturas ou porcelanas?

Não participo das visitas programadas e fico zanzando de um lugar para outro, matando o dia aos poucos. Esqueço o resto, flores e hóspede, caindo num estado de deslumbramento que me deixa quase eufórica. No meio da tarde, entro no Museu de Arte Egípcia, em anexo, e de lá não pretendo sair até que as portas se fechem, no começo da noite. Se der tempo, posso ainda admirar a arte da Assíria e Babilônia.

É o que faço, me perguntando de que maneira evoluímos, se é que evoluímos, ao longo dos milênios. Reverencio a estátua da deusa Ísis e fico um bom tempo diante de um sarcófago de madeira, pintado com requinte, desejando descansar naquela preciosidade do Egito Antigo. Depois de horas mergulhadas nas muitas estrelas que compõem a coleção, em tempos e terras distantes, parece-me natural permanecer alheia às contingências deste nosso mundo e encontrar certa dificuldade em voltar a ele. Tenho certeza disso quando começo a ouvir uma voz insistente, cada vez mais próxima, a repetir: Senhora, senhora? É hora de fechar, por favor, encaminhe-se à saída.

Difícil abandonar este tesouro — silencioso, mas tão eloquente — para retomar minha existência rasteira e insignificante.

Caminho lentamente, dando voltas e voltas desnecessárias, só para evitar encontrar o hóspede, a esta hora com certeza se preparando para sair. Enveredo por ruas laterais para esticar ao máximo as distâncias, desenhando caracóis improváveis até que a última volta já tem como ponto central o próprio edifício onde moro.

O gato já não está lá. Presumo que alguma alma piedosa se compadeceu de sua sorte e cuidou dos funerais.

Abro a porta do prédio de má vontade e começo a subir as escadas. No final do primeiro lance, esbarro com o hóspede que vem descendo a toda. Paro, confusa, ele também para e nos cumprimentamos como na maioria das vezes, às pressas. Ele desce dois degraus, eu subo dois degraus e então nos viramos, sincronizados. Não entendo porque fiz isso, pois nada tenho a lhe dizer. Mas ele anuncia com sua voz grave e clara: Volto mais cedo hoje.

Tudo bem, tudo bem, repito maquinalmente. Não tenho como não entender a frase. Mas... e os motivos? Por que será que ele me avisou? Quê que eu tenho com o que ele faz ou deixa de fazer? Pode ser que esteja bravo comigo por causa da arrumação que fiz no quarto. No entanto, não há motivo para reclamações, não atrapalhei as coisas e voltei com tudo para o lugar de origem, exatamente como estava antes.

Penduro o casaco, a boina, arranco as botas, em ritmo acelerado e sigo direto para a cozinha. Preciso de uma xícara de chá bem quente, com um dedo de leite, para poder retomar o fôlego e aquietar o coração.

Assim que me recupero, pego um livro e vou para a sala onde percebo, de imediato, aquele odor raro que não consigo identificar. A orquídea roxo-berinjela resplandece e já tem novos botões. É provável que desabrochem amanhã. A violeta, cabisbaixa, não apresenta nenhuma alteração. Quanto à flor-de-seda, não há o que fazer. Sento em frente a ela e observo suas flores caindo uma a uma, lentamente. Amanhã nada restará.

Caio num estado melancólico, mas talvez escape disso falando com alguém. Faço um esforço descomunal para deslocar as pernas, que pesam toneladas, e conduzir meu corpo que de alguma forma se mumificou. Onde estará o meu sarcófago? Preciso reclamar meus direitos.

Telefono para uma amiga, em Heidelberg — só não posso me esquecer de providenciar o pagamento do valor extra, quando a conta chegar. Falo das minhas pesquisas e da preocupação com as plantas da senhoria, sem entrar em detalhes. Ela me conta das novas fotografias que fez e de seus planos para uma exibição. No final, combinamos de nos encontrar assim que o inverno der uma trégua.

Depois de conversar com ela, acredito ter recuperado a sanidade. Retomo a leitura de *Maus Presságios*, mas é difícil me concentrar. Melhor tratar de comer alguma coisa, antes que o hóspede volte. Hoje quero me deitar cedo. Infelizmente não posso dizer "e vou trancar a porta". Mas na segunda-feira cuido disso. Comprar uma nova fechadura não há de ser problema; o problema aqui é a mão de obra.

Na geladeira, tento desenterrar algum fóssil para matar minha fome e acabo encontrando uma coxa de frango congelada que me parece em ótimo estado (melhor do que o meu, com certeza). Na despensa, duas batatas começam a brotar, mas nem por isso são rejeitadas por mim. Também garimpo um punhado de arroz, com uns bichinhos escuros que logo boiam na água, sujeitos a uma morte instantânea. Com esses raros ingredientes, preparo uma lauta refeição. Aleluia! A noite não comporta lamúrias. Em breve a vida tomará outros rumos.

Pouco a pouco, as mariposas vão chegando e, seguindo sua coreografia feérica, logo pousarão em mim.

Antes que isso aconteça, faço um movimento brusco, espantando as bruxas e abrindo espaço até a pia. Alguém ri alto, coisa rara de se ouvir aqui. Um tenor ensaia duas ou três frases e logo se cala, com certeza arrependido de macular o silêncio. Lavo as louças com cuidado, primeiro ensaboando todas as peças e, depois, enxaguando uma por uma num fio d'água, conforme as instruções da senhoria.

Agora posso descansar. Mas alguma coisa me incomoda, me desestabiliza e, se não fosse inverno, eu sairia de novo, mesmo sabendo que amanhã tenho de me levantar antes do dia clarear.

Enquanto ajeito o quarto, tento arrumar também a cabeça programando a semana. Ligo o rádio, preparada para ouvir Rachmaninoff, mas sou surpreendida por Beethoven. Atiro-me na cama sem trocar de roupa, fecho os olhos e sou transportada para outro cenário.

Não demoro a ouvir a cantoria dos sapos que fazem dueto perto da tenda, acompanhando as frases melódicas da *Suíte para Cello e Piano em G Minor*. Flutuo sobre a planície nevada e não vejo mais o homem, aquele homem. Apenas o gato e seu olho vitrificado jazem na imensidão. Outra tempestade de neve se aproxima e eu começo a tiritar, sem encontrar abrigo no descampado. Neste momento, um ruído distante e seco me arranca do cochilo e eu puxo o edredom. Alguém se aproxima? Percebo o ir e vir do hóspede.

Percebo sua presença na porta do quarto e olho fixamente para a maçaneta, preparando-me para vê-la girar. Mas ele se afasta. Eu me levanto e enfio o pijama. Sei o que fazer, não sei o que fazer. Sinto medo, vontade de escapar. Mas uma loucura me toma, acendendo chamas. Desejo não se explica. Onde termina uma coisa, onde começa a outra?

O rádio, agora sim, toca Rachmaninoff: o diálogo entre *cello e piano* que começa delicado, quase em surdina, torna-se denso, profundo, um desafio poético em seu limite máximo. A trama, sem palavras, me arrebata e, com seu poder de persuasão, é capaz de me conduzir ao precipício.

Febril, volto para a cama e, antes que a suíte termine, sinto a presença do hóspede, inquestionável, a poucos passos de mim. Vigio a entrada como uma presa assustada ou como uma naja, esperando para dar o bote fatal. *Oh, la mato y aparece una mayor!*

O trinco se move, uma, duas vezes, mas nada acontece. Na terceira tentativa, a maçaneta gira e a porta se abre.

CENAS

Um fiapo de sol, em festa, rompe a persiana e invade o quarto. Eu viro para o outro lado e, de olhos fechados, finjo que ainda é noite. Mas Helena pula da cama aos trambolhões e calça os tamancos. *(Eu gostaria que os dias não fossem iguais).*

Em ritmo acelerado, anda de cá pra lá: a janela estala ao ser aberta e a porta do guarda-roupa range alto; ela puxa e revira a gaveta emperrada; deixa cair coisas pelo chão e tropeça no tapete, como sempre.

Seis da manhã. Posso acertar o relógio e também amaldiçoar a sorte.

Os saltos martelam o piso de madeira do corredor em direção ao banheiro, mas ela esquece alguma coisa e volta, o toque-toque crescendo em direção ao quarto. Então, escuto cair a escova de cabelos, provavelmente, ou o cabide de metal.

Enfio a cabeça debaixo do travesseiro, mas isso nada resolve. Escuto perfeitamente a descarga da privada, arrematando o jato em chicote e o chuveiro sendo aberto. *(Faz de conta que está chovendo).* Quinze minutos a água caindo, ensaio um ligeiro cochilo.

Então, tudo recomeça: aquela aflição pela casa, o vaivém, cadeiras arrastadas, coisas escapando das mãos, tropeções. Será que não dá pra simplificar, ir direto ao ponto, otimizar? Enfim, fazer um roteiro linear, sem voltas ao passado recente? Vou idealizar qualquer coisa assim:

Interior casa de Helena – Dia

Cena 1 – Quarto em densa penumbra. Na cama, uma pilha de cobertores. Ao lado, sobre a mesa de cabeceira, um rádio-relógio, um livro de autoajuda e um copo de água pela metade. Subitamente a pilha de cobertores começa a se mexer. Vemos surgir uma mão delicada e branca, que tateia o ar em busca da mesinha de cabeceira. Na sequência, Helena (mulher jovem, mas de aspecto sisudo) chuta os cobertores e tenta se sentar na cama. Ao mesmo tempo, agarra o rádio-relógio e confere as horas, assustada. Ela se levanta, calça as sandálias de borracha, emparelhadas simetricamente sob a mesa de cabeceira, e pega as roupas arrumadas na cadeira ao lado do armário. Esforçando-se para não fazer barulho, pinça os sapatos dispostos lado a lado sob a cadeira e, pé ante pé, desaparece no corredor às escuras.

Cena 2 – Helena fecha discretamente a porta do banheiro. Ela tira a roupa e vai depositando as peças, uma a uma, no cesto ao lado do boxe. Ainda sonolenta, senta-se no vaso sanitário de linhas arrojadas, aliviando-se (com um suspiro) do peso da noite. Ao pressionar a descarga, os dejetos são sugados sem alarde. Em seguida, ela abre a ducha, apta a economizar 70% de energia, num jato silencioso. A água cai como chuva fina sobre o corpo de Helena. Ela se ensaboa, ligeira, e sai ainda mais branca e liquefeita. Mantendo o mesmo ritmo, enxuga-se, perfuma-se, espalha creme pelo corpo, protetor solar no rosto e veste a roupa, que deixara no cabide de acrílico. Olhando-se no espelho, Helena suspira, feliz com todas as escolhas feitas. Está pronta para enfrentar mais um dia de trabalho.

Cena 3 – Helena segue pelo corredor em direção à cozinha. Ela está de sandálias de borracha, levando nas mãos a bolsa e os sapatos de salto agulha. Além de sua respiração, nada se ouve.

Cena 4 – Na cozinha clara e arejada, Helena prepara seu café da manhã. Os movimentos dela são harmoniosos, como se fizessem parte de uma coreografia bem ensaiada. Abrindo a geladeira duplex, de lá retira pão, suco, queijo, presunto e ovos mexidos (de véspera). Ela liga o micro-ondas e esquenta água pro café instantâneo, aproveitando para também aquecer os outros alimentos. Senta-se na banqueta e, circunspecta, consome todos os itens, consultando de tempos em tempos o relógio de pulso.

Cena 5 – Na discreta penumbra da sala de visitas, perto da porta ainda fechada, Helena tira as sandálias e calça os sapatos, como atriz de filme mudo. Depois, emparelha simetricamente o par, como dois pombinhos. Na sequência, ela introduz as três chaves na fechadura e gira uma de cada vez, com cuidado: uma verde, outra azul e a tetrachave, cor de chave mesmo. Finalmente, retira o trinco de segurança, sai, e fecha a porta suavemente. O silêncio reina, absoluto.

Bem, as coisas nem sempre se passam como desejamos. E eu sou obrigada a voltar à realidade, no tranco. Pensando pequeno e almejando o mínimo de sossego, acho que Helena poderia ser mais assertiva: pegar pelo menos dois objetos de cada vez, sem se arrepender de nada e sem interpretar a dança do caranguejo pelo quarto, como de praxe.

Respiro fundo, tento conter a vontade insistente de esganá-la, torcendo-lhe o pescoço como se fosse uma galinha destinada à panela.

Experimento breves zonas de paz: silêncio intermitente entre os últimos retoques — no cabelo, na roupa, na maquiagem — e o liquidificador barulhento, a frigideira que escapa das mãos, o toque-toque corredor afora, o caminho refeito em busca de algo esquecido, talvez a sombrinha, talvez os óculos escuros resgatados no último momento, antes da porta bater com estrondo.

A casa trepida.

Também eu trepido, de raiva. Claro, desisto de dormir, agora que tudo se aquietou. Escuto, longe, os tamancos na escada ordinária, em direção ao portão de entrada. Sete horas, aposto. Todos os dias é isso.

Todos os dias acordo de mau humor, graças a ela. Tenho de me controlar, repito pra mim mesma, conter meu impulso assassino: a vontade de sair porta afora, ainda de camisola, cabelos desgrenhados, subir as escadas de dois em dois degraus e apertar com fúria a campainha do apartamento de cima. Quero matá-la, tenho que admitir. Não com um tiro, não com três ou quatro facadas. Quero matá-la aos poucos, começando pelos pés. Cortar primeiro os dedos ossudos, um a um, e depois ir subindo devagar, amputando cirurgicamente, mas sem nenhum anestésico, as partes resistentes, com requintes de sadismo apenas vistos nos últimos filmes americanos *(oh, perdão, estou confundindo as coisas: as cenas da TV são reais)*.

Mas alguma inovação sempre se pode fazer: eu colocaria os ossos miúdos num saco plástico e repartiria entre os cães que farejam e cobiçam as criancinhas da Praça JK, no Sion.

Depois, me sentaria num daqueles bancos para apreciar a cena dantesca, enquanto homens e mulheres, de vários feitios e idades, continuariam a caminhar em volta da Praça (apavorados com o colesterol, os radicais livres, as rugas, as estrias, a celulite e a vida de modo geral); continuariam a se esfalfar (seguindo recomendações médicas e a moda), agarrados ao celular, tensos, sisudos, aflitos porque têm de se apressar para relaxar.

Eu ficaria quieta num daqueles bancos, gozando o espetáculo com desmedido prazer. Meu colesterol baixaria vinte pontos de um só golpe, eu perderia minimamente três quilos de raiva animal e, finalmente, poderia conviver, em paz, com aquele fiapo de sol.

PERNAS

O bar lembra um navio prestes a naufragar e nós, suarentos, disputamos o ar viscoso, cada vez mais raro. Difícil se deslocar ou achar uma mesa em meio ao caos. Conseguir bebida ou tira-gosto exige preparo físico, além de paciência e teimosia. Torna-se questão de fé.

Mas estamos aqui para nos divertir.

Depois de várias tentativas frustradas, promessas de polpuda gorjeta e (velada) ameaça de morte ao garçom, ele nos acomoda na esquina da sala com a cozinha. E lá nos entrincheiramos.

Em volta de duas mesas, dez cadeiras. Nas laterais, angulosas, um rodízio de amigos, à medida que vão chegando. Chegando e indo embora, sem demorar mais do que alguns minutos. Também eles querem se divertir, mas não em nossa companhia, presumo.

Outros, que mal conhecemos, nos acenam de longe e nos atiram beijos, voltando pra casa aliviados de se verem livres de mais um lançamento de livro. Mas nós continuamos lá e ninguém quer ser o primeiro a ir embora. Ir embora seria desistir. Desistir da festa e da alegria, para então retomar a viagem solitária em torno de sua própria mesa de trabalho.

Em poucos minutos todas as máscaras (tão bem-postas) podem vir abaixo, expondo aquilo que ninguém quer mostrar nem ver: o protótipo pelo avesso, buracos por onde se pode entrever o outro lado, também feito de vazios.

Mas eu estou feliz.

Na inusitada roleta, lá está ele, diante de mim, ao alcance das mãos. E das pernas. Então, eu estou feliz. Com a fome que bate forte, um tanto eufórica também. Meio delirante, acho, apesar de ter bebido apenas um mísero chope, que nem gelado estava.

Ele não sabe o risco que corre. E continua distribuindo charme, seduzindo a quantos tropecem em sua teia. A mulher, ao lado, permanece enigmática. Não interfere nas conversas entrecruzadas, a ninguém perturba, mas a todos observa com seu olhar *blasé*. Aposto que é capaz de nos descrever, um por um, de olhos fechados. Confesso que, para mim, ela nunca existiu. É apenas uma extensão dele, desnecessária enquanto tal. E o que se faz com um apêndice duvidoso, sujeito à crise aguda? Corta-se, antes que inflame de vez e supure, contaminando o resto.

Só ele me interessa. Este homem, não outro.

Quanto aos componentes da mesa, é bom que desempenhem seus papéis, caso contrário, a peça não se manterá em cartaz nesta noite. Registro algumas falas sem me aprofundar nelas e deixo que as palavras adernem a alguns centímetros da toalha branca: Deus é brasileiro coisa nenhuma, isso sim, texto denso, subliteratura é o que há, não não, editor não existe mais, essas campanhas às vezes funcionam, populismo me incomoda pra burro, região selvagem ainda, aquela praia, viu que horror?, mas tudo pode piorar, gatíssima ela, apareceu naquele filme, como é mesmo o nome?, que exagero, já publicou muito, só asneira, nunca consegui passar da página trinta e cinco, dá pra entender esse desgoverno?, a mesma corja de antes agora em altos cargos, injuriado estou eu com a taxa de juros, já viu coisa mais doida?, ontem fui assaltada de novo, essa noite não dormi por causa do cachorro do vizinho, o que você pensa em fazer esse ano, além de sobreviver, é claro?, puta que pariu, o garçom sumiu com nosso pedido, ô cara, lembra aquela piada, chega de violência, se você não calar a boca te dou porrada, ora, gente, vamos encarar mais um ano de guerra, acham que aqui é diferente de...?

As frases desfilam sem compromisso.

Não me apaixonei quando fui apresentada a ele, na abertura de uma exposição no Palácio das Artes. Não. Apaixonei-me meses mais tarde, quando pela primeira vez, o vi no palco, em seu melhor papel, creio. A postura, a voz, o sorriso inesperado — não sei o quê. Objeto obscuro, mas tão contundente!

Então eu soube que era ele, enfim, uma questão de vida após longa morte, não dava pra recuar. Mas o outro lado (sensato ou medroso?) me autoflagelava: fica esperta, mulher; pelo menos desta vez, evite confusão, busque segurança: o vizinho, por exemplo, viúvo, filhos criados, no topo da carreira; o dono da padaria, bem nutrido, que te lança olhares açucarados; o gerente do banco, sempre preocupado com a sua conta problemática, mesmo quando ela não tem nenhum problema? Seja razoável, criatura, invista em homens possíveis, onde anda seu instinto de conservação? Aquele motorista de táxi, gostosão, que por três vezes te passou o celular, o que é feito dele? Tem também o administrador baixote, que se materializa diante de você em todos os lugares. Por que não um desses pretendentes? De maneira insana, você cisma logo com um bicho de outra galáxia. Cadê sua inteligência emocional, se é que tem alguma? Repara bem: as artimanhas do cara são óbvias e ele recita o blá-blá-blá sedutor pra gregas e troianas. Mal te enxerga, deixa de ser tonta!

Apesar de todas as exortações que me faço, assumo minha burrice emocional, sigo em frente e acabo levada aos infernos por anjos rebeldes, num caminho inverso ao de Nossa Senhora da Assunção.

E dos infernos experimentei horrores, embora negociasse algumas passagens, sempre curtas, pelo paraíso, onde eu me refrescava e recuperava o fôlego. Mas logo me traziam de volta, os anjos, em sucessivos mergulhos na caldeira do diabo, que muito se divertia, sentado no trono, apoiando a sua gaguice no tridente afiado, rindo-se à larga do meu sofrimento, que sei ridículo no contexto das nações e dos povos em geral.

Por mais que eu tente superar essa crise ou paixão juvenil, o desejo apunhala-me sem dó. Um destempero. Então estou aqui, temporariamente no limite: mais um passo e sou espetada pelo garfo incandescente. A sorte é que sou tão tinhosa quanto o tinhoso.

Sento-me na ponta da cadeira e o sangue esquenta minha cara como se eu tivesse virado, de um trago, um copo inteiro de cachaça. O calor se espalha até chegar às partes, antes dadas como mortas, em turbilhão. Mal me contenho no assento, e uma alegria pagã vai tomando conta de mim.

Na contramão, a tal voz interior contrapõe, sem eficácia: mas nem bonito o cara é; podia ser um pouco mais alto, menos atarracado e narcisista. Sem contar que lhe falta firmeza, firmeza de cor. Nem branco nem moreno, se resume ao desbotado.

Um fiasco, reconheço. Mais uma vez, faz-se em pedaços minha crença ou estereótipo ou tipo ideal, fascínio de menina: o moreno brasileiro, mescla perfeita de cores que se complementam de forma perfeita. Como não seguir com olhos gulosos, os ombros nus que transportam pesados fardos ou apenas desfilam livres, porque assim exigem os trópicos? Sinto arrepios só de pensar.

A propósito, duas paixões puseram abaixo o que eu imaginara ser um *latin lover*. Na primeira, até uma barriguinha veio a calhar, pois o encaixe não podia ser mais perfeito. Quanto ao outro sujeito (ou objeto amoroso), era pontudo, descarnado e eu tinha mais massa muscular do que ele: um artista de pequenas telas. Além disso, primava pela esqualidez. Então é isso, o amor suporta tudo.

Mal me contenho no assento e uma alegria pagã toma conta de mim. Meu antivírus particular, em plena atividade, emite sinais de alerta, em vão. Na prática, não existe nenhuma defesa possível neste circuito. Serei corrompida. Constato que, apesar do alerta máximo, a urgência da carne prevalece e meu sistema, vulnerável, fica infestado daquelas ideias torpes que antigamente provocavam filas nos confessionários e hoje alegram e alimentam outros segmentos. Já não existem penitentes, muito menos pecadores, e os devotos garantem o céu sem se preocupar com detalhes. Se a consciência já não pesa toneladas, o castigo deixa de ser necessário. Dez pais-nossos, dez ave-marias, um terço, duas missas, jejuns e sacrifícios redentores não fazem mais sentido. Que graça tem em ganhar o céu assim?

A urgência da carne continua a me rasgar em tiras finas até que o osso fica exposto e só me resta manter as aparências. Manter, por exemplo, o tom de voz dentro dos parâmetros da normalidade, coisa mínima. Cuidar para que o riso não extrapole a barreira do som e a voz não suplante todas aquelas notas que ultrapassam as linhas da pauta musical e vão subindo (desembestadas) numa escadinha precária ou então descendo (sem compostura), ao sabor dos humores do compositor. E, também, prestar atenção nas pausas, não prolongar em demasia as semibreves, nem apressar as semifusas a ponto de pendurar ganchos inexistentes nas hastes que não suportariam mais do que quatro penduricalhos.

Difícil a interpretação dessa partitura. Quase desisto e vou embora. Depois reconsidero e me concentro em conter impulsos básicos. Entre eles, o desejo de limpar com a ponta da língua a minúscula gota de suor que escorre, vacilante, pelo pescoço de aspecto taurino (deve ser um bom reprodutor). Ou a vontade de me ajoelhar debaixo da mesa e servir-me dele sem cerimônia, monopolizá-lo, neutralizando seu poder de barganha. Enfim, apossar-me das ditas vergonhas que globalizam o mundo a despeito dos diferentes credos.

Imagino sentir a textura que não conheço, o gosto passível de ganhar sabores exóticos se misturado ao tempero certo. Elucubrações, apenas. Exercícios eróticos para manter a mente alerta e o corpo teso. Principalmente agora, que os olhos de garapa se derramam, pródigos, sobre mim.

Quando a gota de suor estaciona na depressão da garganta, jogo tudo pro alto e chamo *le petit* (era pequeno mesmo) *garçon* de "meu bem".

Rastejo o pé pelo chão morno e, cautelosa, avanço a perna até encontrar a desejada resistência. Por instantes, fico quieta, testo a reação. Tento beber da garapa, mas coisa nenhuma apuro. Qualquer réplica de esfinge, dessas vendidas pelos camelôs, tem mais chance de ser decifrada.

A frase que ele dizia continua a fluir, não denota a mínima comoção e não sofre nenhuma síncope. Mas eu, sim, estou a ponto de ter uma.

Por um momento, hesito. Ele deve ter registrado o lance como um fato casual. Ou seja, duas mesas — oito pernas; dez cadeiras — quarenta pernas; oito, dez pessoas — dezesseis, vinte pernas... E acidentes de percurso acontecem. Embora o total possa ser resolvido em uma conta redonda, o resultado é confuso e dúbio.

Para resolver o impasse, tenho de ser rápida:

Estratégia 1 – retroceder, computando o lance ao acaso.

Estratégia 2 – dar continuidade ao cerco, com discrição e competência:

> *discrição* – roçar de leve e continuar participante, atenta às falas que transitam e, às vezes, se chocam no ar.
>
> *competência* – estabelecer canal direto, revelar-me, tesar, enfim, passar a existir pra ele.

Estratégia 3 – fingir morta a perna e esperar que o objeto cobiçado finalmente acorde e tome a iniciativa, invertendo o jogo.

O que faço?

A mulher dele continua fabricando nuvens de fumaça nas quais consegue, em parte, se ocultar. Talvez seja bonita, mas sua beleza foge aos padrões de hoje em direção a modelos futuros. Resumindo, não se enquadra, mas é interessante. Fica bem na camiseta de alça transparente, que realça os seios pequenos, no momento sem anteparos. Os cabelos, em revoada, combinam com a cor do chope que ela leva aos lábios e vai tomando devagar, em goles curtos. As sobrancelhas, fechadas em arco, e as mãos ossudas me fazem pensar que, quando decide, dois e dois somam cinco e não mais se discute. Mas talvez eu esteja exagerando. Aparentemente ela é uma presença discreta e leve. Entretanto...

Neste momento não posso me perder em divagações, preciso tomar rumo. Assim, de forma apressada, arremato uma frase de efeito e decido adotar a estratégia número dois. Ele é um bom fingidor, acredito. Não titubeia, não tropeça nas palavras. E agora, olhando-me de forma direta, pergunta o que eu gostaria de comer, já que o garçom, impaciente, martela a caneta na folha sebosa.

Quase respondo: "você, claro".

Engulo a temerária escolha e peço filé malpassado, mas pressiono perna contra perna, agora sem medo de provocar um recuo brusco ou olhar inquiridor.

Não me enganei. As pernas ganham vida e começam uma dança sôfrega, que não tem nada a ver com o que se passa à flor da mesa. Mas eu sinto falta do olhar, do *rapport*, e tento, em vão, fisgar o lambari que se esquiva à isca.

A mulher acende outro cigarro e me olha de modo estranho. Depois, como se evocasse um ritual, coloca-o entre os lábios e puxa demorado. Algo me incomoda. Meu coração se acelera, mil luzes se acendem e sinto que alguma coisa está errada.

A boca generosa se crispa, vermelha e úmida, e imediatamente lanço mão da estratégia número um, retrocedendo a todo vapor.

Para amenizar a tensão, pego a bolsa e vou ao banheiro. Na porta, trombo com uma criatura imensa e descuidada. Lá dentro, milagre, não tem ninguém e o som monótono do exaustor domina o ambiente.

Enquanto retoco com veemência o batom, vejo pelo espelho a porta se abrir. Ela entra, a pele morena brilhante de suor, o cigarro ainda nos dedos. Segue direto pra mim, com suas pernas altas, esguias, metidas em um *jeans délavé*. Vai me bater, penso. Desisto do batom e me viro, pronta pra receber o golpe. E reagir.

Ela vai chegando perto, cada vez mais perto, até colar o quadril no meu. Entre as minhas coxas mete o joelho pontudo. Com a mão livre, agarra minha cintura, enquanto sussurra: e então, *chérie*, já imaginou o próximo passo?

IDEIAS EM FUGA

Ah, Consuelo, tudo tão efêmero, miúdo e reles, estamos sempre pensando o certo, mas o duvidoso espanta mais, não me incomoda a cova rasa, sendo no meu quintal, entre a salsa e a cebolinha, o ruim disso é não ter companhia, ninguém descansando ao lado; falei sem pensar Deus sabe um bocado de coisas e não liga pra nada, deu aquele branco, todo mundo me olhando, então me lembrei de um filme americano, a Audrey Hepburn fazendo uma escritora podre de rica, muito chique em sua torre de marfim, um dia aposta ser capaz de suportar por sete dias uma família classe média, as situações hilariantes se repetem, em dado momento ela sentencia para a esposa traída *o defeito dos homens é que eles são homens*, achei de uma sabedoria, mas tratei logo de completar *o defeito das mulheres é que elas são mulheres*, pense bem, tenho paixão por Hanna Schygulla e Ornella Mutti, aquelas atrizes maravilhosas, mas se não fosse a bunda do Kevin Costner em *Robin Hood* o que seria de nós, o que nos reservaria o destino senão o tédio e o não desejo, o promíscuo bafio do cotidiano?, ah, antes dele, Charlton Heston montado no cavalo, lembra?, me fez arrepiar de uma vez para sempre, transportando-me ao *Planeta dos Macacos* em que os instintos selvagens foram milagrosamente preservados, embora a espécie humana nem tanto, quase impossível me conformar com aquela história que ouvi ontem, viviam tão bem os dois e de uma hora pra outra ela morre, então no dia seguinte o marido põe todos os seus pertences na porta da casa: pilhas de roupa, escova de cabelo, sapato novo dentro da caixa, cartas, até retrato ele botou fora, é claro que isso resultou em briga e pancadaria, vizinhos, mendigos e eventuais transeuntes na disputa do tesouro, ainda mais que nada vem do céu e quem mora na rua bem sabe disso, talvez esses marginais impeçam a nação de crescer e ser feliz, ou seja, nenhuma contribuição, nenhum imposto, frustra-se a alegria de uns quantos, não tão poucos, e eis um país à deriva de si mesmo, perdão, não se deve duvidar do óbvio, nem mesmo dele falar, Consuelo, o que aprendi se pontua por alguns complexos, mas os contendores, disseram, saíram bem aquinhoados, um pé de sapato, outro de meia, leque quebrado, porta-joias sem tampa, espelho de mão faltando pedaço, brinco sem tarraxa e por aí vai, os despojos distribuídos, a turba se dispersou, de modo que o saldo foi bastante razoável, se cada brasileiro conseguir alimentar, pelo menos, metade de si próprio, terá grandes chances de varar o século, com parcas energias, claro, mas suficientes para não se deixar derrotar, e eu fico só pensando, enfim na minha casa, o equilíbrio ecológico, uma aranha minúscula cruza a soleira e vem entrando solene, dou graças, fico livre daqueles mosquitinhos chatos que andam, ou melhor, voam por aqui, você não acha que a crise descamba nisso ou se resume numa questão de cunho ecológico? não, Consuelo, não precisa responder, não carece esforço, você sempre gostou de filosofar, de apascentar o ser, chegou ao cúmulo de fazer uma paráfrase de Kant e se envolveu profundamente com o *Discurso do Método*, tanto que agora, anos depois, sua vida em suspenso traduz apenas os acordes de uma juventude fundamentada nos princípios da razão, ufa, deixa pra lá, embasbacou-se com tantos mistérios, agora cozinha arroz com cenourinha e acha bom, aprendeu dez horas de trabalho diário, trabalho que salva não só a família, mas você principalmente, umas poucas noções de Freud, é pena, mas que bela despensa, cheia de gêneros, dos gramaticais você pode esquecer, mas sem os outros, os alimentícios, quem é que vive? sim, dez horas de trabalho exaustivo na confecção, melhor não sofismar, melhor não vasculhar o fundo da louça mal lavada, se os filhos não arrumam as camas convém fechar os olhos, mãe só entra na história na hora do divã, muito bem, Consuelo, guarda as roupas em dois minutos, emboladas de qualquer jeito, quem se importa?, se tudo ficar certinho, empilhadinho, é neura na certa, ora essa, os filhos sempre meninos, inda que velhos, jamais esquecem e vão copiando vida afora, ah se mãe soubesse, dez horas de trabalho forçado, depois qualquer uma merece ler *As Mil e Uma Noites*, sim sim tomando cerveja ou pinga, não vem ao caso, com sorte toma-se vinho, você tem razão, Consuelo, o principal é manter a coluna ereta, encaixada, os ombros soltos, não espetados pra cima que ombro não é brinco, não tem de ficar pendurado na orelha, relaxe, estufe o peito e os seios hão de parecer empinados, espere, não entre em órbita, mesmo porque não terá pra onde voltar, a União Soviética escafedeu-se, é apenas uma lembrança, e eu que gostava de vermelho já não posso mais ver jornal, me perturbam as manchas na neve, na areia, nas casas e nas ruas, podemos ser resumidos numa nódoa, acabar assim, porque o maior desafio do ser humano, sua principal tarefa — desde *homo sapiens* — tem sido se manter de pé, veja bem, Consuelo, não se deixe abater, algumas palavras soam rubras, quase negras, por exemplo paixão e prepúcio, algumas são azuis, Clarice sabia, eu não, o importante é escrever, tentar, estávamos no palco para um depoimento pessoal, mas eu não toco violão, não tenho o dom da palavra, ou seja, se não faço a plateia rir, também não faço chorar, que lástima, fiquei observando e aquilo me deu tristeza, os livros enfileirados na mesa tal qual soldadinhos de chumbo e a autora se descabelando na frente com o microfone na mão, mas que linda voz, olha só o gestual, mas que pernas, isso pode ir longe, quando um filme ou uma peça de teatro me aborrece eu abandono o lugar, mas agora é impossível, recapitulando, então me disse um consagrado autor, não gosto de ler mulher, mulher escreve duro, chato, os homens são mais delicados, talvez ele tenha razão, se hoje pouco reflito sobre a duração de Bergson não é por culpa de nenhum homem, apraz-me vivenciá-la, — lembra, Consuelo?, duração tempo humano, não o tempo real, mas a vida num fluxo contínuo onde tudo se aproveita, cresce a bola de neve em movimento, de modo que o futuro fica impregnado do que já existe e para entender é preciso intuir, uma espécie de revelação, talvez eu possa agora experienciar o vazio em sua plenitude, o que será que sente uma pessoa numa caverna de tubarões nas costas da ilha de Fernando de Noronha, a centenas de metros de profundidade, pavor ou bem-aventurança? a cinegrafista linda e loura ondulava docemente... meu destino seria outro se montanhas não fossem o horizonte, e o seu, Consuelo, principalmente o seu, quão diferente seria se mergulhássemos não em minério de ferro, mas no mar profuso, sereias do século XXI, ninguém pode ajudar, Consuelo, não volte ao ponto jamais, o segredo é trancar bem as portas, de modo que os fantasmas não possam nos visitar exceto em noite de tormenta, quando então uma lufada de vento forte escancara a janela de um golpe e nós encarnamos o medo, descobrimos afinal quem resplandece no espelho que se preserva intacto, a não ser que nos tornemos de fato insanos, acredito que em outro lugar as pessoas possam te dar um pouco mais de valor, mas seus cabelos, não se iluda, vão continuar brancos e no final do ano algumas rugas arranharão sua pele com força extremada, eu disse que não dói, mas quem sabe dói, envelhecer, não adianta pintar nem bordar pra esquecer, o defeito está no que já não se espera, acho superior morar no Brasil, ainda que o presente seja difícil de suportar, temos por certo que um futuro auspicioso nos espreita de alguma parte, contrariando, é claro, Bergson, por isso uma incerteza me assalta e se duvido tenho grandes chances de estar pensando, não acha?, acredito em almas piedosas, não só em fantasmas, acredito naquele soldado rodeado de crianças e curiosos, com os olhos cheios d'água quando teve de sacrificar a égua, o carroceiro tinha saído cedo para juntar os animais e se deparou com o servente e a égua caídos no barranco perto da avenida perimetral, uma vergonha abusar assim da bichinha, uma potranca de cinco anos, boa de trabalho, submetida dessa maneira, o homem tentava explicar o descalabro, dezenas de pessoas riam e então chegaram a mulher e os filhos dele, a garota de quatorze anos chorou muito vendo aquilo, o pai sendo preso, roupas sujas de excremento e a égua lá, agonizando com os intestinos pra fora, parece fim de mundo, Consuelo, ou então princípio, tamanha maldade, mas eis que tudo tem seu lado bom, dizem, quem sabe a tal égua ia acabar prejudicando um?, vou doar todos os órgãos, menos o coração, o coração cheio de buracos e remendos ninguém vai querer, cheio de sonhos estrambóticos, mirabolante escada aquela que desci essa noite, com enorme cuidado, pois não tinha corrimão e assim consciente do perigo eu sabia que podia despencar a cada degrau, descia eu — provavelmente ou talvez — em direção às catacumbas, então o sonho já não é o mesmo, transforma-se, saímos do tempo das catacumbas e eu olho o grande salão do castelo com poltronas de estampa florida, o fundo verde, as cortinas em sintonia, estou orgulhosa, decorei o ambiente com apuro, mas só agora reparo em outro cômodo, um cubículo sufocante cujo teto se perde num cilindro tão alto quanto uma torre, mantendo o lugar parcamente iluminado, vou sugerir que se providencie um pé direito e que também se abra uma janela, quiçá uma porta, na qual hoje existe um quadrado de vidro chumbadinho, meu olhar se distancia e me vejo no quarto onde acordo, abro a carteira num gesto mecânico então a dor me assalta, para sempre morta, minha mãe não voltou nem volta mais, soluço, quem vai me contar que nasci?, minha história enterrada, nada sei do que fui, apenas retalhos da infância, senti fome noite escura na fazenda e meu pai achou graça, uma menina deste tamanho, fatalmente desmamei, Consuelo, a moça voltou à fundação estadual do bem-estar do menor dez anos depois de sair de lá, fizeram festa para os ex-alunos que viraram gente, fizeram carreira de secretária, garçom, fiscal de ônibus, guarda de trânsito etc., então ela recebeu a pasta com seu dossiê de volta e rompeu a chorar, mal posso acreditar, disse, eu sempre quis saber, essas zonas brancas onde mergulho muito me angustiam, quanto a mim soluço tão forte que um dos nobres do sonho discretamente se aproxima e põe a mão no meu ombro, sim, um dia nos divertiremos, entretanto, no palco as crianças cantavam o cravo brigou com a rosa — eu contei, Consuelo? — ele não brigou comigo, apenas foi embora de maneira deselegante, nem parecia príncipe, então comecei a ficar triste, mas é bobagem, tem coisa pior, pense no mundo lá fora e agradeça a Deus que tem sido camarada, embora nada eloquente, convenhamos, fui a velório várias vezes este ano, os amigos partindo, Consuelo, a gente fica com as calças na mão, vide a desproteção do homem nu, quanto mais se lê, menos se entende, de repente, mais que de repente, tudo fica longe longe, acho que são os nervos, sonhei com um monte de baratas, imagine, branquinhas, nuinhas, ah, indecentes, totalmente vulneráveis, qual larvas, o maestro do cravo brigou com a rosa, solitário, me lança olhares melosos, então eu conserto um pouco o jeito dele andar e conversamos um tempão sentados na escada, se eu tocasse violino seríamos felizes, Consuelo, já não vejo seu rosto, o sol se escondeu ou você foi embora?, eu só queria saber até quando pode uma mulher aguentar, pergunta essa que faço sem ser *Beloved*, em minhas costas árvore nenhuma brotou, mas em meu peito uma floresta morta espalha cinzas, de modo que o vento sopra forte, ah, Consuelo, que silêncio danado de grande, você também não se despediu, deitou-se aí e emudeceu, imóvel, nem sei se me escuta, ainda não contei, a menina voltou furiosa da festa quando telefonaram que viesse, chegou pisando duro, cheia de zanga, ficou longe do caixão, isso lá era hora de mãe morrer?, li ontem uma notícia que vira e mexe sai nos jornais, no depósito da Lagoinha, os presos voltaram a executar os companheiros pra desocupar lugar e é onde caímos na questão do espaço, que existe mesmo sem conter nenhum corpo, então despencamos no vácuo, Consuelo, sem fim nem limites, infinito, e assim podemos estacionar, a priori, em Kant ou então podemos explorar o espaço imaginário, entre a salsa e a cebolinha.

TUFOS DE PAINA

'E a dor?', perguntou em seu íntimo.
'Que fim levou? Onde estás, minha dor?'
Liev Tolstói

Um dia acordou sem ela. Assim, sem mais nem menos, depois de todos aqueles anos. Era tão surpreendente, inusitado e fora de propósito, que ele considerou a possibilidade de procurá-la, a despeito de tudo.

Mas, antes de qualquer coisa, precisava tomar um banho morno e preparar, com calma, seu café da manhã. O resto esperaria por ele.

Levanta-se com cuidado, lembrando-se dos filmes de ficção científica, em que os corpos, livres da gravidade, flutuam leves como tufos de paina. Neles, tudo que deveria se esborrachar no chão, atinge alturas surpreendentes, sem curso definido, num ritmo beirando o nada.

Calça os chinelos e vai, num ritmo beirando o nada, para o banheiro. Ensaboa-se com apuro, cuidando de todos os pormenores. Escova os dentes da mesma forma criteriosa, fato comprovado pelas raras obturações que possui, embora tenha mais de cinquenta anos. Por razões óbvias, deduzimos que pertença a uma classe social acima da média.

O resto deve ser posto de lado. Não passam de sofrimentos e provações, dissabores próprios da espécie, sem os quais os homens não se estruturariam como seres pensantes. Nem mesmo as mulheres o fariam.

Prosseguindo, então, ele se ensaboa. Mas estaca de repente, imobilizado pela pergunta que continua a persegui-lo: "e se ela voltar?"

Em pânico, pensa reconhecer sinais do seu iminente retorno: o coração se comprime, diminuindo de tamanho até se tornar uma bola de pingue-pongue. A respiração se acelera e ele espera, tenso. Apura todos os sentidos, preparando-se para de novo recebê-la, como uma fatalidade anunciada.

Imóvel durante algum tempo, sente a espuma procurar caminho entre os pelos abundantes, ramificar-se e descer pelo corpo em direção ao ralo, enquanto ele permanece atento, à espreita do que não vem.

Ainda desconfiado, prepara o café da manhã. Mas não é estranho que nada, absolutamente nada, aconteça?

Faz a primeira refeição do dia em paz, contrariando um hábito de anos ou décadas, já nem sabe. Como ainda guarda a memória dela, mantém o estado de alerta e se assusta com o vento que agita a persiana.

Roda pela casa, que agora lhe parece outra: antes prisão, revela-se abrigo seguro, caverna que nenhuma criatura seria capaz de invadir ou violar.

Ele perscruta a janela e consulta a agenda. Em seguida, dá alguns telefonemas e cancela compromissos. Devagar, dirige-se à sala e senta-se, muito aprumado, na ponta do sofá. O que poderia fazer, além de esperar?

Ser paciente, vencer o tempo, o vazio anônimo e aquela falta de gravidade: a sensação aguda de poder flutuar a qualquer momento.

Resolve sair e fazer uma caminhada, porque a ação — disse alguém em algum lugar, em determinado tempo, livro, filme, quiçá em um comercial — é, sem dúvida, o melhor remédio.

Caminha sem pressa e sem rumo certo, tentando identificá-la nos rostos que cruzam seu caminho. Difícil admitir, mas precisa ter notícias dela.

Encarando o desafio de frente, escrutina aqueles que passam por ele e torce para encontrar o eco das perguntas que o inquietam. O rosto mais comum e inocente pode esconder traços de sua presença ou exibir pegadas fundas, sulcos, marcas que não desaparecem com o tempo, ao contrário, com o tempo se acentuam.

Distraído em sua busca, anda vários e vários quilômetros. Quando volta, esgotado pelo esforço excessivo, o mundo todo gira e ele tem de fazer um esforço enorme para abrir a porta de casa: escapa-lhe a chave, escapa-lhe o buraco da fechadura.

Teme uma possível cilada: e se ela estiver escondida, para tomá-lo de assalto justamente neste momento de exaustão?

Em passos furtivos, segue direto para a cozinha e tenta aplacar a sede, mas a garganta continua reclamando. Antes que a hesitação o paralise de vez, ele se instala em frente à TV e repassa as últimas gravações que fizera. Mas logo desiste. Não, não faz sentido, nada parece normal ou justo.

Desliga o aparelho e estira-se no sofá, ainda esperando. Mas...

Uma hora depois, tudo igual, ele seleciona alguns cedês e prepara um drinque. Em certos momentos, uma dose de uísque pode colocar tudo no lugar, repete para si mesmo. Em outras, ao contrário, pode tirar todas as coisas do lugar. Depende, sempre, da sede; e do pote.

A tarde vai passando calma, apesar de tudo.

Já perto da noite, ele se agita novamente. Desiste de Miles Davis. Experimenta, sem sucesso, ouvir Ernesto Nazareth, Mozart, Yo Yo Ma, Emma Shapplin.

Não, ela não vai voltar! — conclui. Decididamente, ela não voltará, repete alto, sentindo a têmpora pulsar forte. O suor gela seu corpo inteiro. Está livre como nunca e agora pode cumprir seu destino ou explorar o outro lado: enveredar pela contramão dos acontecimentos, dedicar-se ao que é breve e provisório, seguir o canto da sereia.

Novamente, a vertigem. Aquela falta de gravidade. E um silêncio de meter medo. Deserdado de sua natureza, ele grita: dor, onde estás que não te sinto?

Mas nenhum eco se escuta. A pergunta extravia-se pelas ruas repletas, perde-se em meio às buzinas, porque assim é nas grandes cidades. As perguntas se desmancham, se diluem, não fazem sentido.

Cabia-lhe ser feliz.

CORDA BAMBA

— Pode colocar a roupa no cabide. Ou deixar na cadeira.

A voz dela, ciosa do tom, segue firme e límpida, não resvala na frase melódica.

Olhando em torno, ele vacila, mas obedece, como das outras vezes, manso: tira o paletó, livra-se da gravata e vai se despindo devagar, pouco à vontade no seu papel de cordeiro.

A voz dela continua na mesma frequência.

— Então, não custa lembrar, só para evitar mal-entendido: sem beijo na boca, sem orgasmo, sem penetração.

— Mas se eu... se por acaso... — ele balbucia.

— E, principalmente, nada de perguntas. Nada de conversa — ela corta. Vamos seguir estritamente o combinado. As regras são claras e você concordou com elas desde o começo, certo?

No meio do quarto, ele se vê perdido; de novo menino, o mundo gira ao contrário e ele não tem onde se agarrar.

A cama ampla, convidativa, parece longe. E a superfície marfim da parede estende-se em todas as direções sem deixar pistas, enquanto a persiana, mimetizada, em nada ajuda. Nenhum quadro, nenhuma flor ou peça de decoração que acolha o cliente indefeso. Nada de toque feminino. Mas ele se concentra na mesa de cabeceira, na luminária de metal, e arrisca o primeiro passo, enquanto volta à associação que fizera inicialmente: *Quarto de hospital; será enfermeira ou ajudante de enfermagem?*

No ambiente asséptico ele procura pistas da proprietária, Lorena. Em vão.

Quanto ao telefonema, fora imparcial e frio.

Prepare-se, avisara o amigo que a indicara: diferente de todas, Lorena não se enquadra em nenhum formato. E só atende por indicação de clientes regulares, gente de absoluta confiança. Mesmo sabendo, ele esperava, até pela natureza do negócio, um clima de sensualidade, o mínimo de libidinagem.

Isso não vai funcionar. Sem chance. Melhor ir embora. O quê que eu tô fazendo aqui? Minha cabeça deve estar péssima, pior do que imaginei.

— Agora pode deitar e relaxar — ela fala.

Como um grande animal a ser tosquiado, ele se oferece, deitando-se de costas.

É claro que não vai dar certo. Aliás, tem tudo pra dar errado. Vai ver, é freira e faz biscate ou se açoita antes de dormir. Aí, pra contrabalançar...

Imparcial, Lorena conduz sua *performance*. Deixa cair a saia justa, mas discreta, desabotoa a blusa e tira o sutiã, libertando os seios *(Magníficos, maravilhosos, perfeitos!)*, e dobra as peças em silêncio.

— Só um minutinho, por favor — ele insiste, desarvorado. Uma perguntinha rápida...

Ligeira, ela cobre seus lábios com mão firme e ele se cala. Aquieta-se, mas as perguntas continuam em sua cabeça, na qual poucos fios de cabelo, pardacentos, ainda se alvoroçam.

Lorena *(Qual será o nome verdadeiro dela?)* aproxima-se da cama, posiciona-se de quatro sobre ele e começa a trabalhar. Massageia seu corpo apenas com os seios, em câmara lenta, explorando cada milímetro da carne trêmula.

Lorena seria Auxiliadora, Marília ou...

Os mamilos vão e voltam, pacientes e sábios, em marcha contínua, mas fortuita. Por vezes, escorregam docemente, outras pressionam forte, bisbilhotando aqui e ali.

...ou Mag...Magnólia!

Dos pés à cabeça, o corpo dele começa a formigar. Todas as partes acordam, ele se põe em guarda e se prepara. Pra quê?

Sem beijo na boca, sem orgasmo, sem penetração — ele repassa mentalmente. Mas ainda se aventura.

— E se... coisa boba, só hoje... uma coisinha de nada...

— Nada é nada. Nem hoje nem depois. — ela conclui, severa.

Ele respira fundo.

Teria trinta, quarenta anos?

Lorena não faz seu tipo. Se a encontrasse na rua, não chamaria sua atenção nem despertaria seu apetite. Ele passaria ao largo, certamente. Mas aqui, nesta circunstância...

— E se eu pagar dobrado? — ele chicoteia, ágil.

Ela, concentrada no trabalho, parece não ter ouvido. Desconsidera. E ele se arrisca em vão.

Lorena?

Figura comum, tipo facilmente encontrado em qualquer cidade: cabelo liso, curto, louro-pardo; pele clara; olhos acastanhados, pouco expressivos, no rosto oval; seios sem silicone; traseiro modesto.

As coisas vão acontecendo como o anunciado, numa viagem que vai dos ombros ao baixo-ventre e volta ao pescoço, cuidando dos desvios, das margens e vertentes, detendo-se nas partes mais vulneráveis para que se alegrem e se fortaleçam na renúncia, pois, sempre que o paraíso se anuncia, os seios seguem noutra direção. Escapam sempre, no último instante, para seu desespero e gozo espúrio.

Ele continua à mercê dos seios de Lorena. E sua cabeça vai se esvaziando pouco a pouco, vai descansando de todos os pensamentos, os bons e os tormentosos, e nenhuma palavra supérflua escapa de sua boca. Transportado para um estado de pré-consciência anterior ao *homo sapiens*, ele se faz corpo, carne, coisa. E anda na corda bamba, vai até seu limite máximo, mas, disciplinado por Lorena, retorna a tempo, conforme o combinado.

Na primeira vez, ela gastara parte do tempo, minutos preciosos, numa inesperada preleção. Explicara, inatingível desde então, o que seria permitido e enfatizara o que seria proibido. As regras deviam imperar, rígidas, entre as quatro paredes. Só assim poderia trabalhar em segurança.

— Nada de perguntas, advertira. Nada de conversa. E tem mais uma coisa: só atendo homens. Tudo bem?

— Tudo bem — concordara ele, incrédulo.

Só tinha a ganhar. Estava num marasmo de doer, merecia a sacudidela. *Vai valer, no mínimo, a aventura*. Riscos e ônus, tudo posto às claras: sem reparos sem queixas. Depois, era virar as costas e retomar a vidinha de merda que levava e da qual não abria mão por nada deste mundo.

— Lorena?

— Pronto, sua hora terminou.

— Já?

— Com certeza, disse ela, apontando o relógio. Volte quando quiser, é só marcar.

Ele demorou a sair da cama e a se recompor.

Está ficando cada dia mais difícil...

Lorena já se vestira e ajeitava o cabelo com as mãos.

Como de hábito, ele pagou pelo paraíso e pelo inferno, em metades iguais. E de novo prometeu a si mesmo nunca mais voltar: livrar-se do vício, fugir da tentação.

— E então, quando vai ser? — perguntou Lorena, pegando a agenda.

Ele hesita. Sempre hesita.

Lorena suspira e tamborila a caneta na agenda.

— Terça que vem, mesma hora.

— Até lá, então. Boa semana.

Apesar da frustração, ele volta. Os encontros, em tudo por tudo iguais, permeiam seus dias e sequestram suas noites. Sem atinar com a razão, ele repisa e aprofunda a angústia da primeira vez.

Você pode tirar a roupa, a roupa toda. Eu fico de calcinha, disse Lorena quando ele chegou.

Posta a armadilha, não adiantava se debater.

HOMEM NU

O homem estava lá, de repente morto, completamente nu. Não, completamente morto, de pau duro, em cima de mim. Em cima de mim, vestindo um robe preto, porque ele só transava de robe preto, fiquei sabendo depois, mas não tinha nada a ver com fantasias de Batman, era por causa de uns calombos nas costas que ele não gostava que ninguém visse. Ah, cistos sebáceos, não era espinha não, você sabe porque transou com ele também e ele só transava assim, sem roupa, mas de robe, uma coisa!, ai que pesadelo, então eu pensei e agora, meu Deus, o quê que eu faço? Ele deve ter tomado a merda do Viagra, vai ver tinha pressão alta, problema no coração, sei lá — ah, pressão alta, bem que imaginei, cara doido —, puta merda, e agora? Eu não conhecia ninguém que conhecesse ele, ninguém mesmo, nem família, nem amigo, nem vizinho, porra! Então, o que eu podia fazer? Pensei em me mandar, sair de fininho sem deixar pista, o cara tava morto mesmo e eu não tinha nada com isso, aconteceu, um azar do caralho, aliás, do caralho mesmo. Dar o fora numa boa, parar no primeiro telefone público, longe dali, evidentemente, e telefonar avisando. Mas, avisar a quem? Numa boa, quem? A polícia, eu tava lascada. Melhor desaparecer sem mais aquela. Não tinha importância nenhuma eu sumir, porque era caso de morte, não de assassinato, pensei.

Eu não tive culpa, foi uma fatalidade. Quando cheguei, ele já tava daquele jeito me esperando na porta; pelado e de pau em riste, mas de roupão, claro, e foi me agarrando e metendo, não entendi nada, era a primeira vez que a gente se via e eu não estava tão empolgada assim, aliás, não estava nada empolgada, levei foi susto, só conhecia o cara pela internet, fazia um tempão que a gente se falava, então resolvemos marcar um encontro, eu nem moro aqui, moro num condomínio isolado, em Lagoa Santa, longe pra cacete.

Minha irmã falou que se fosse ela, não ia não. Pegar estrada pra encontrar um cara que eu nunca tinha visto? Ir à casa dele? Olha, ela me botou o maior grilo e eu quase desisti na última hora. Mas depois pensei, poxa, tem tanto tempo que a gente conversa, sei a ficha inteira do cara, economista, divorciado, meia idade, mora sozinho numa casa, num dos bairros mais nobres da cidade, qual o problema? Eu também não sou criança, ora.

Nesse meio tempo ele me telefonou algumas vezes, sabe? Gostei da voz e aquilo me inspirou confiança. Além disso, o que eu tinha a perder? Avulsa, sem namorado, pra lá de madura, não custava tentar. Todo mundo sabe, tá mais do que falado, se existe uma espécie em extinção é o bicho homem, então, resolvi me arriscar. E nem era arriscar tanto assim, pensa bem.

Antes de sair de casa, liguei pra ele, mas caiu na secretária eletrônica e deixei recado confirmando nosso encontro. Quando lembrei disso, tremi nas bases. Imagina se eu desapareço e pegam a gravação! Ou se fazem uma devassa no computador dele e me descobrem. Aí entro de vilã, sem dúvida nenhuma. Acham meu nome e... por que foi que eu sumi? Quem foge tem culpa no cartório, lógico. Se bem que... meu nome mesmo eu não dei. Inventei outro.

Saí pela casa feito doida, vestindo a roupa e procurando a tal secretária pra apagar o recado, pelo menos. Achei, fucei pra lá e pra cá até conseguir zerar tudo. Cara, que sufoco!

Ainda abotoando a blusa, tentei abrir a porta. E quem disse que eu consegui abrir a bendita porta? Era tudo eletrônico, com código de segurança e o escambau. Eu estava lascada, sem pai nem mãe, putz!

A única maneira de sair dali seria pulando o muro. Mas pra pular o muro eu tinha de desligar a cerca elétrica.

Não, não tinha jeito de escapar. Era tudo, absolutamente tudo eletrônico. Código, senha e o cacete a nove ou o caralho a quatro, como diz meu amigo português. Eu estava frita, lascada, fodida e tudo o mais! Tentei abrir o portão lateral pra chamar alguém, mas também não funcionou. E nem considerei ligar o 190, porque, com polícia, ia virar o maior escândalo. Então, tive a ideia de pegar a agenda dele e telefonar ao acaso, para uma pessoa e outra. Tentei uns cinco nomes. O cara lá morto, eu desesperada, agarrada no telefone (tinha vestido a saia do avesso, descobri) — aí eu falava: "olha, aconteceu uma tragédia com o Juan Félix, ele tá precisando de ajuda..." E sabe o que acontecia? Desligavam na minha cara, pensando que era golpe ou trote. Uns tiravam o maior sarro, riam, outros xingavam vai à puta que pariu, não tem o que fazer não?

Então, acabei caindo na real. Que falta de solidariedade, pô!

Arrastei uma cadeira pro muro e comecei a gritar. Graças a Deus o vizinho escutou e por sorte ele tinha o controle do portão, cópia de chave e tudo o mais. Eram muito ligados, os dois. Aí fui explicando as coisas às pressas, enquanto a gente vestia o morto. Ele disse que ia cuidar de tudo e que eu podia ficar tranquila, mas de vez em quando me olhava de um jeito estranho, até que calei a boca, encabulada.

Só quando ele começou a telefonar pro pessoal eu fiquei sabendo que o morto se chamava João. João Felizardo não sei das quantas. Mas aí já era tarde.

ELA E O TEMPO

O tempo foi passando e ela também, só que muito mais devagar, num descompasso de décadas. Basta lembrar que Inezita era a única pessoa jovem da turma de formandos de 1930.

Como os filhos dela cresceram depressa, diziam todos. Como se casaram cedo, repetiam. Logo, logo Inezita estará rodeada de netos!

As profecias não tardaram a se realizar e a casa se encheu de risos e fraldas. Inezita nunca se deteve para pensar, como fazemos agora. Espantava-se com as rugas dos velhos amigos, mas sacudia energicamente a cabeça e tratava de mudar de ideia, concentrando-se às vezes na voz, às vezes no olhar do interlocutor — que nunca lhe causavam estranheza ou sustos.

Escandalizava-se com as plásticas das amigas, é fato, embora estivesse sempre muito ocupada para se deter nos feitos alheios. Em dois tempos ela os esquecia. Certa vez, numa festa ao ar livre, observava os convidados à volta da piscina, quando uma questão de mau gosto tomou-a de assalto, espalhando o pânico em seus olhos de menina. Ela saltou da espreguiçadeira com agilidade, mas não conseguiu afugentar a pergunta simples, mas não corriqueira: por que será que a pele das pessoas começa a sobrar daquele jeito, a certa altura da vida? Não deveria continuar justa, envolvendo na medida certa seu feliz proprietário? Pensando bem, com os bebês, acontece o contrário: a pele parece mais curta do que deveria ser e eles estão sempre esperneando para esticá-la e caberem de forma confortável dentro dela.

Depois de alguns segundos de aguda inquietação, Inezita sacudiu os cabelos e o pensamento incômodo. Foi jogar peteca e todos se admiraram com o vigor fora do comum que demonstrou. Graças a seu espírito esportivo, perguntas dessa natureza lúgubre jamais se apossavam dela. Ideias assim, quando muito transitavam — e raramente — por sua cabeça, indo se alojar, de preferência, na cabeça vizinha.

Admirável Inezita. Jamais se deixava influenciar por aves de arribação. Cheia de planos, projetos e empreendimentos político-sociais, ignorava as sutis nuances dos dias.

Ah, como o tempo andava envelhecido ultimamente, pensava ela. Arfante, débil, lamuriento, esquálido e caprichoso. Gagá. Sim, o tempo andava bastante regredido, caduco. E ainda mais trágico. Embora isso de certa forma a incomodasse, não chegava a preocupá-la. Em absoluto. Nada podia abalar seu eu superior. Robusto, tranquilo e, claro, superior, ele pairava acima das mazelas de quem está sujeito aos caprichos do tempo.

Inezita teria sido professora primária em tempos remotos, quando a profissão conferia *status* a quem tinha ciência para ensinar os mistérios do beabá. Teria também sido professora de canto, em algum lugar do passado, e oradora de todas as suas turmas. Sim, porque fizera vários cursos e estava sempre para começar uma nova carreira, em geral, muito mais interessante e promissora do que a anterior. Natural, portanto, que ela vivesse satisfeita. E não digo por inteiro satisfeita porque de marido não mudara e o companheiro caminhava para a velhice a passos largos e tão largos que, sem tardança, encontrou o fim, indo descansar em paz daquela marcha acelerada ao encalço de Inezita, na qual caíra por amor, mas decerto sem querer. Pois ele não era diferente de ninguém. Só Inezita era diferente e nem o tempo conseguia acompanhá-la, quanto mais o marido, que andou célere no sentido inverso e se a gente começa a se aprofundar nesse ponto, logo percebe que tem alguma coisa errada nesse raciocínio e que a escritora está na verdade caindo numa baita contradição. Então, vamos fazer de conta que acreditamos na autora para efeito prático e vamos continuar, porque qualquer artista está sujeito a idiossincrasias dessa natureza. Ademais, só não cai em contradição quem nunca abre a boca pra falar, nem escreve coisa nenhuma, parece óbvio, e a maioria, se interrogada para um programa de TV ou para as tais pesquisas de opinião, concordaria com isso, emitindo seu parecer favorável e se justificando provavelmente com frases trôpegas e gestos vagos. Não é o que normalmente acontece? O leitor há de concordar e, se interrogado para um programa qualquer ou para as tais pesquisas, emitiria seu parecer favorável etc. E agora a escritora completa seu pensamento com gestos largos, também um pouco vagos e o leitor talvez fique chocado, mas nem tanto. É assim mesmo, dirá, balançando a cabeça.

Prosseguindo, Inezita chorou, claro, quando o marido morreu. No entanto, não se lamentou da sorte, nem deixou de viver para se enterrar com o morto, Deus me livre e guarde de tal infortúnio — persignou-se. E depois, havia coisas a resolver: cuidar do inventário, administrar o espólio, amparar os filhos, consolar os netos, providenciar cafezinho para as visitas, pintar o cabelo, fazer a reunião semanal na creche, retomar a pintura em porcelana, as aulas de ioga, a natação etc. Se parasse, as coisas rapidamente a engoliriam.

Continuou a vida de sempre, mas em vez de marido tinha agora namorados, todos jovens e aventureiros. E aí sim, ela começou um extraordinário processo de rejuvenescimento, à revelia dos fatos e do tempo. Lá ia Inezita de colo em colo, então muito satisfeita, desenvolvendo todas as suas potencialidades através da bioenergética, da neurolinguística, da medicina ortomolecular e dos exercícios que fazia para despertar o hemisfério direito do cérebro. Sem contar a sequência de movimentos dos monges tibetanos e a respiração de cores, método inventado por uma americana que aparecia cada vez mais nova na capa de seus livros.

Estava um dia Inezita meditando na frequência mais elevada, quando o bisneto, com a ingenuidade própria das crianças, entrou de chofre no quarto, fazendo-a estatelar-se no chão. Foi um choque violento e Inezita quase partiu para o outro mundo, mas conseguiu driblar o susto indo com o bisneto a uma corrida de moto, a fim de neutralizar o trauma.

Foi, mas voltou cansada e logo mergulhou num sono profundo, semelhante ao da Bela Adormecida, algo mágico e intocável. Gostava de ler essa história para os filhos, continuava a repeti-la para os netos e bisnetos e, com certeza, também o faria para os tataranetos.

Mas, de alguma forma, Inezita foi traída pela sorte. Na manhã seguinte, acordou tarde e estava ainda muitíssimo cansada. E quando tentou levantar, não conseguiu. E quando quis entender as coisas, nada entendeu. Havia na casa uma barulheira infernal.

De repente, todos os fatos e todos os feitos de Inezita a ela se apresentavam em estilo performático. Estranhamente, foram enchendo o quarto e ocupando a casa inteira e não iam embora, por mais que Inezita quisesse afugentá-los; e eram milhares. Indisciplinados, não obedeciam a nenhum comando, a nenhuma ordem. E até mesmo os seus mínimos desejos tomavam de assalto os espaços vazios, complicando a singela vida de Inezita.

Ela demorou a compreender, mas tão logo o fez, conformou-se: eram os anos chegando e atropelando o tempo em marcha célere. Uma fatalidade. Chegavam de todas as partes em disparada e chegavam com a força dos fantasmas que dormitam no porão escuro. Foram se reunindo em volta da cama e em menos de vinte e quatro horas estrangularam Inezita. Quer dizer, não foi exatamente como acabamos de narrar. A bem da verdade, não houve nenhuma cena violenta. Inezita foi apenas envelhecendo, envelhecendo em ritmo alucinante e morreu.

Morreu em sua cama de linhas arrojadas, estilo futurista. Teria então, quando muito, uns cento e trinta anos.

PARA SEMPRE MEU

Guardo ainda na pele a emoção que senti ao vê-la pela primeira vez, entre os objetos coloridos da vitrine. Pensei em tomar posse dela, vingar-me daquela que me torturava à distância, com sua voz curvilínea. Imaginei comprá-la, coisa em meio a coisas, e dar de presente ao primeiro que passasse. Mas nem mesmo entrei na loja. E ela não ficou sabendo que estive lá.

Volto sempre que posso, mas Kátia nunca me viu.

Fascinada, observo-a ondular os quadris estreitos, feito peixe no aquário. Ela desliza, graciosa e leve, no meio de manequins, araras, máscaras e o que mais houver.

Esqueço por que vim. Esqueço que devo voltar. Pessoas e coisas se retiram para uma região abissal e apenas Kátia ocupa meu pensamento.

Ela não lembra, em nada, a mulher que imaginei. Para meu espanto, não parece fatal. Mas conseguiu me enredar em sua teia e agora estou onde estou, em muda contemplação: os cabelos escuros, cortados em fio reto, esvoaçam aos caprichos do ventilador, provocando-me desconforto.

Decididamente, eu não quero estar aqui, nem devo. Melhor ir embora e pôr um ponto final no pesadelo que se repete. Mas sei que esse momento é para sempre meu. Como uma segunda pele, já faz parte de mim.

A cidade fervilha ao redor e eu continuo parada, observando Kátia. Quero matar a curiosidade que está me matando, aos poucos. Mas devo continuar distante, para o bem de todos, pois não me sinto confiável. De uma hora para outra posso quebrar o aquário, do outro lado da rua, assumindo minha loucura trancada a mil chaves: quanto mais feroz, mais doce a minha fala; quanto maior o desatino, maior a prudência nos gestos. Eu não grito. Faço o que tenho de fazer e não deixo rastros. Aceito de bom grado o que acredito ser destino. E pronto.

Há quanto tempo não durmo? Há quanto tempo faço minhas tarefas sem me dar conta delas, como se uma outra ocupasse o meu lugar?

Estremeço sempre que o telefone toca, porque pode ser ela, com sua voz insinuante. Quer me conhecer, insiste nessa ideia, mas continuo dizendo não. Quero lá saber de dar chocalho à cascavel? E se meu marido descobre?

A primeira vez que ela me ligou, ele, o Wagner, estava viajando e eu me achei uma idiota completa ouvindo aquela conversa sem sentido. Devia ter desligado de cara, mas escutei até o final, aparvalhada. Por que não reagi?

Fiquei tão mexida com a história que logo inventei coisas pra me distrair: visitei minha tia que mora longe, fiz limpeza no guarda-roupa, troquei a terra das plantas e passeei pelo parque no meio dos jacus, micos e quatis. Estava quase em paz com a minha consciência quando Kátia ligou de novo.

Reconheci de imediato a voz dela e, desde então, passei a esperar. A conexão entre o meu silêncio e a fala de Kátia, sedutora, acontece de imediato. E eu me deixo enredar, cada dia um pouco mais. Estava fazendo um papel ridículo e tudo me exasperava. Muitas vezes desliguei o telefone no meio da conversa e saí sem rumo, comprando coisas apenas para não pensar. Até onde ela levaria aquela brincadeira de mau gosto?

Um dia tomei coragem e lhe perguntei por que não falava logo o que queria e acabava de vez com aquela novela. Já não suporto mais, desabafei.

— Ah, por telefone não, não dá, querida. Tem que ser pessoalmente.

Não tive tempo de protestar, pois ela foi logo me passando o endereço e falando a melhor hora de encontrá-la.

Uma vez rompido meu silêncio defensivo, me ouvi dizendo:

— Que história mais sem pé nem cabeça, acha que vou cair na sua? Wagner e eu vivemos muito bem, vê se me esquece! Não quero saber de nada, *nada*, ouviu?

— Então tá, num tem problema — concordou ela depois de uma breve pausa.

Eu podia ter cortado a ligação nesse ponto, mas continuei na linha, ouvindo Kátia.

— Tinha pensado que poderia te ajudar, mas estava enganada. Fica tranquila, não vou mais te incomodar. A vida é sua, quem sou eu pra dar palpites?

— É, quem é você?

Ela desligou. Pus-me a rodar dentro de casa e cheguei a quebrar alguns copos. Passei uma rinsagem acaju no cabelo, pintei as unhas de vermelho-assassino e esqueci no forno a torta do jantar. Antes que Wagner chegasse, tomei outro banho e aprontei- me, como sempre, para esperá-lo. Tudo correu como se eu não estivesse ali. Nem ele.

Quando entrou, não olhou pra mim. Tirou o paletó e a gravata com um suspiro e me deu um beijo rápido. A caminho do quarto, perguntou pelo jantar e eu respondi que ia assar uma *pizza*, se ele não se importasse. Claro que não, disse. E com isso eu relaxei um pouco, parecia que as coisas haviam voltado ao normal.

Wagner franziu a testa quando começou a comer e pediu que eu fosse buscar o azeite. Depois pediu azeitonas pretas e cerveja, falando um tanto irritado, de boca cheia. Então redobrei os cuidados. Abri a garrafa e enchi o copo fazendo pouca espuma, do jeito que ele gosta.

Satisfeito, Wagner virou o copo e arrotou alto. Senti um arrepio. E se ele tivesse aqui um robô, não seria melhor? Pensei e logo me arrependi.

— Por que não liga a televisão, Simone? Tá na hora do jornal. A voz dele soa distante.

— É mesmo, acabei esquecendo.

— Simone?

Perguntei-me o que seria desta vez. E olhei pra ele com cara de sonsa.

— Tá alto demais, cadê o controle? Mais que depressa, diminuo o volume.

— Tá bom assim?

Eu fazia qualquer coisa para agradá-lo, sempre fiz e não ia mudar agora. Só precisava prestar atenção.

Nos dias seguintes, consegui me comportar melhor, pelo menos em frente ao Wagner. Longe, fumava um cigarro atrás do outro e não parava quieta em lugar nenhum. A sorte é que o Wagner me olhava sem me ver, fazia perguntas rotineiras e eu só lhe dava respostas que ele estava acostumado a ouvir, de modo que não fazia diferença, tenho certeza.

Os telefonemas abriram uma porta por onde eu escapava sempre que baixava a guarda. Perambulava de um lugar pra outro, pra esquecer Kátia e sua proposta tentadora. A curiosidade me espicaçava. E o ciúme também.

Até que, um dia, joguei tudo pro alto. Peguei o começo da Rua Pernambuco, atravessei a praça e fui descendo devagar. Na altura da Rua dos Inconfidentes, procurei localizar o número que Kátia me passara e parei em frente à loja, na calçada oposta. De onde estava, podia ver as sombras na vidraça, clientes que chegavam e saíam.

O corpo esticado num arco pronto a disparar, boca amarga e seca, eu vigiava a vitrine: imagens confusas, árvores refletidas no meio das roupas e pássaros empalhados compunham o meu pesadelo. Quantas vezes ensaiei atravessar a rua, ir direto a ela?

Faço de conta que sou uma cliente qualquer, entro e peço para experimentar algumas roupas. Camisetas ou vestido de verão. Este calor me sufoca.

Mas tudo não passava de ensaio. Uma força me impelia, outra me retinha. No final da tarde, o corpo em frangalhos, eu voltava, fazia o jantar e depois me aprontava para esperar o Wagner. Por que será que ele me escolheu, afinal? Às vezes ele fala, com desdém, que as mulheres são todas iguais.

— Mas você não, Simone, você é diferente.

Será? Diferente em quê? Por quê? — penso, mas não abro a boca.

Entrego-me às novelas. Compro revistas e leio histórias de amor, que me fazem esquecer a vida imbecil que levo.

Como Wagner conversa cada dia menos comigo, acho que já não temos mais nada a nos dizer. Deve ser culpa minha, com certeza é. Parei no tempo e agora não consigo mais alcançar o Wagner.

Por isso vou ao encontro de Kátia, talvez ao encontro de mim mesma.

Atravesso a rua e agora posso vê-la de perto, entre os reflexos da vidraça. O mundo rodopia e eu perco a noção das coisas. Sei que desperto, assustada, quando as lojas em volta começam a fechar as portas e a multidão toma conta das ruas.

Reunindo forças, parto os fios que me aprisionam e vou direto a ela.

— Kátia? — chamo, num fio de voz.

Ela está dobrando as roupas, reviradas no balcão. Levanta a cabeça e me olha, esperando.

— Sou a Simone — falo baixo.

Sinto minha voz ressoar, grave e tensa, entre os tecidos macios. Vejo o rosto dela se iluminar de forma inesperada. Os olhos, da cor dos meus, sorriem.

— Simone? Puxa, até que enfim! Nem acredito.

Fala assim, como se tivéssemos marcado encontro exatamente hoje. E eu fico parada, incapaz de qualquer gesto.

— Engraçado, parece que te conheço... — continua ela, como que lendo meu pensamento.

Então, naquele instante, ciúme e raiva foram embora. Kátia — apenas outra mulher diante de mim. Tão frágil quanto eu. Tão forte quanto posso ser, suponho. E sinto um medo inexplicável.

Kátia pega meu braço e me conduz. Atrás dela, arrasto as pernas gelatinosas, separadas de mim: o abismo estava exatamente onde eu estava.

— Senta aqui um pouquinho, enquanto termino de ajeitar as coisas. Não demoro, é só o tempo de fechar a loja.

— Não se preocupe comigo. Eu não devia... já vou embora, tenho mesmo de ir.

— Ah, bobagem, Wagner não tem reunião hoje? Vamos aproveitar e conversar um pouco. Demorou tanto a aparecer...

Tinha me esquecido completamente disso. Depois da reunião, ele costuma sair com os amigos e ficar até tarde na rua.

— Podemos ir pro meu apartamento, moro aqui perto. Em seguida ela diz, me avaliando:

— Não é que você é mesmo bonita? Wagner tem razão. Eu devo ter ficado vermelha, pois meu rosto pega fogo.

— E você não é nada... nada daquilo que imaginei! Ela parece se divertir. Ri gostoso.

— Já sei. Pensou que eu fosse uma vampe de olhos verdes, toda cheia de curvas e remelexos: unhas vermelhas, salto-agulha, vestido colante — toda perigosa. Errado, minha bela!

Levo susto com o que Kátia diz e não consigo disfarçar meu espanto. Ela continua a me observar. E de repente balança a cabeça, em desaprovação.

— Mas esse tipo de roupa não é pra você, Simone. Careta demais, só faz te envelhecer, pode acreditar!

Desamparada, olho a saia reta, a blusa de nervura e o sapato bem-comportado.

— Se quiser, posso ajudar — ela diz, como se fosse a coisa mais simples do mundo. — A gente resolve isso num minuto. Deixa ver...

Antes que eu possa reagir, ela escolhe um vestido de malha e me entrega.

— Experimenta este daqui, vai!

Não, Kátia, imagina, de jeito nenhum. E, depois, não vim pra isso. Nem cartão eu trouxe.

— Quem falou em dinheiro?

Ela não quer me ouvir. Vai me empurrando pra cabine e puxando a cortina.

Com mãos trêmulas, tiro a blusa, depois a saia. Fico olhando meu corpo, indefeso e nu. Meu corpo desconhecido.

— Pronto, Simone?

Enfio o vestido às pressas e respondo:

— Pronto.

A cortina se abre. Sobre o meu ombro, o rosto dela aparece, refletido no espelho:

— Ah, eu sabia, ficou outra coisa. Agora só falta dar um jeito nesse cabelo.

Ela prende meu cabelo um pouco abaixo das orelhas, segurando atrás.

— Olha só, não é incrível?

Sim, é incrível. No espelho, vejo duas irmãs. Uma de rosto tenso e medroso; a outra, de sorriso aberto.

— E aí, gostou? Se gostou, é seu.

— Não, Kátia, obrigada, não posso...

— Por favor, Simone, é de coração, aceite sim. Presente é presente, vai dizer não? Voz de amansar cavalo bravo, a dela.

Hesitante, pego o embrulho e sigo Kátia pelas ruas. Ela conversa o tempo inteiro e tem uma energia capaz de me transportar a qualquer lugar do mundo. Que inveja!

No apartamento, algumas peças antigas se misturam aos móveis modernos. Plantas se espalham pela sala e, num pequeno aquário, peixes riscam a água sem deixar rastro.

Ela me oferece um drinque, mas agradeço e acendo um cigarro, só pra fazer alguma coisa.

— Quem sabe prefere uma cerveja? Ou então vinho, tem aí também — insiste Kátia.

Acabo aceitando um Campari, pois tive vergonha de falar que não bebo.

— Só não tenho tônica. Mas ponho bastante gelo. E limão, se quiser.

Enquanto Kátia pega as bebidas, fico observando a sala. Estava reparando o vaso de violetas sobre a mesa do centro, quando descobri o pequeno revólver, perto da escultura erótica. Justamente naquele instante, Kátia entra de volta na sala.

— Mas que cara é essa? Parece até que viu fantasma!

Não consigo falar, nem tirar os olhos do revólver. Disfarçar, pelo menos.

— Ah, isso. Te assustou? Tive aula hoje. Um curso que faço. Quem vive sozinha tem de aprender a se defender, não é? O Wagner é que é bom de pontaria. Pena ele praticar pouco.

— O Wagner? Ele também... ele sabe... Engasgada, não consigo terminar a frase.

— Não me diga que ele não te contou, queridinha!

O *queridinha* zomba de mim. Fico calada e Kátia suspira, com ar de reprovação.

— É o tipo da coisa que não consigo entender. Duas pessoas morando na mesma casa, dormindo na mesma cama. E mal se falando, mal se conhecendo. Pra mim não dá, sinceramente.

Faz uma pausa, sacode a cabeça e franze a testa:

— Engraçado. Ele diz que te adora, mas vive correndo atrás de mulher. Vá lá entender homem!

Sinto uma raiva danada, nem dou conta de responder. Mas que atrevimento! Tenho vontade de saltar sobre Kátia e fazê-la engolir, palavra por palavra, o que acaba de dizer, com ar de deboche. Por isso, mordo os lábios com força. Ela percebe e tenta consertar, mas já é tarde.

— Quer dizer, eu até acredito. Já me falou que não vive sem você, é totalmente dependente, isso e aquilo. Mas em vez de te paparicar...

Tomo mais um gole daquela coisa amarga. E resmungo entre dentes, do jeito que falo quando fico furiosa.

— Dane-se!

— Calma aí, Simone, qual é? Não te chamei aqui pra curtir com sua cara, nada a ver. Eu só queria te conhecer, é isso...

Toma fôlego, depois dispara.

— Queria te dar uns toques. O Wagner reclama que...

— Ah, é? Não me diga! Reclama da "esposa boazinha sempre de plantão"? Pobrezinho, dá até dó!

Disse assim mesmo, cortando as palavras, irônica e áspera.

— Ah, agora sim, chegamos onde eu queria. O problema é justamente esse. Boazinha demais! Certinha demais, sacou?

Não, eu não consigo sacar qual é a da Kátia.

— Além disso, ele te acha fria, distante e... sei lá, ingênua.

Fala bem rápido pra não doer tanto, acho. Ou, então, pra me arrasar de vez.

Levanto-me de um salto, disposta a acabar logo com aquele jogo sujo. Ir embora sem olhar pra trás. Desaparecer.

Já saindo, me lembro do revólver e faço uma virada brusca em direção à mesa do centro. Rápida, estico o braço, mas Kátia adivinha meu gesto e pula na frente. Agarramos a arma num movimento sincronizado, mas percebo logo que não sou capaz de dominá-la ou resistir por muito tempo.

A luta, breve e desigual, acaba quando o revólver dispara, estilhaçando o aquário. Exausta e trêmula, afrouxo a mão. Kátia se apodera da arma e corre para a cozinha. Continuo paralisada, olhando os peixinhos que agonizam no tapete, em meio aos cacos de vidro.

Kátia volta com uma vasilha cheia de água e, ajoelhada, tenta pegar os peixinhos minúsculos, que saltam de cá pra lá.

Desabo no sofá, incapaz de qualquer movimento.

Quando termina o aflito resgate, Kátia me olha com raiva. Vem até onde estou e para na minha frente, de braços cruzados.

— Mas que bela surpresa, a revelação do ano! A menina boazinha é também má, muito má, quem diria?

Tamborila os dedos nos cotovelos, furiosa.

— Queria o quê? Me matar? Se matar? Para de ser boba!

Eu, sem dizer palavra.

— Corta essa, Simone, deixa de dramalhão. Tentei dar um toque tipo 'vê se vira o jogo enquanto é tempo'. Mas, que cabecinha a sua, hein?

Para ela tudo é simples, tudo fácil.

— O Wagner não passa de uma transa, pô. Eu lá quero saber do seu marido? Pra mim ele não tem nada de especial. Nada, entende?

Levanto-me segurando a bolsa com força e um sentimento estranho toma conta de mim. Como se fosse possível estar, ao mesmo tempo, dentro e fora desta novela ridícula. Como se eu não fosse a mulher do Wagner, mas uma desconhecida.

Devagar, vou entendendo melhor as coisas. Zonas até então escuras ficam claras de repente e eu, grudada no chão, não arredo pé do lugar. A voz insinuante ainda me embala e me mantém presa a ela.

— Na verdade, nunca fui apaixonada por ele. Esse tipo de cara, aliás, não tem vez comigo, sabia? Na melhor das hipóteses, vira amigo. Antes só, não é?

Às vezes eu deixo de ouvi-la. Depois, a fala dela entra em sintonia com meus desejos escondidos. Ah, isso é engraçado. Tão engraçado que disparo a rir. Aí ela se assusta.

— Por favor, Simone, fica calma. Chega de loucuras. Não é o fim do mundo e o pior já passou. Vai acabar tudo bem, dá um tempo, tá?

— Claro, Kátia, claro. Só gosto de filme com *happy end*, querida. Mas agora, com licença, preciso sair de cena.

Por milagre, eu recupero a voz e, ao sair, bato a porta com força.

Entro em casa de mansinho, sem razão nenhuma, pois sei que Wagner não está lá. Pela primeira vez na vida, tiro a roupa e jogo no chão do quarto, do jeito que ele sempre faz. Vou direto pra a cama e tento relaxar, mas continuo tensa. Nem chorar eu choro.

Bem mais tarde, quando ele chega, finjo dormir.

A noite custa a passar. Dia claro, tomo coragem e me levanto. Ele ronca alto, a boca ligeiramente aberta. Às vezes, resmunga palavras que não entendo.

Durante algum tempo fico parada perto da cama, reparando Wagner dormir. Se eu quiser, posso matá-lo agora, penso. Mas gosto de histórias que acabam bem. Além disso, eu mal conheço esse homem. E não vejo nele nada de especial.

Não se mata um estranho, penso ainda, antes de ir embora.

MENINA QUERIDA

Caminhava trôpego em minha direção, as calças arriadas, repetindo: "a menina tem de guardar segredo, não pode contar pra ninguém, ninguém, nem pro noivo". O noivo, Rafael, na verdade colega de trabalho, já retornara ao Brasil e tinha o maior carinho pelo português, amigo inseparável do pai.

Caminhava trôpego em minha direção, as malas tinham ficado embaixo da escada, estocada com os mantimentos, e meu voo sairia dentro de duas horas.

Avaliei a situação de forma rasteira e fui me afastando passo a passo e logo tive de parar, porque esbarrei num monte de caixas empilhadas. Eu não via nenhuma chance de escapar do espaço exíguo e a porta estava trancada. Ele passou a chave assim que entramos, achei estranho, mas não suspeitei nada grave, pensei ser mania de velho.

O cozinheiro, vestido de branco impecável, não estava lá, como da primeira vez.

Também a mesa não estava posta, apesar do prometido almoço.

O filho da mãe havia preparado uma armadilha pra mim. E eu caí, feito 'menina' mesmo. Tudo bem arquitetado, percebo agora. Tão logo Rafael voltou pro Brasil, ele começou a me ligar, bem cedinho ou à noite. E me convidava para conhecer Azenhas do Mar, pra visitar Sintra e Cascais, para comer cozido, bacalhau e pasteizinhos de Belém. Eu sempre agradecia de forma delicada: desta vez não vai ser possível, mas da próxima prometo me programar melhor, é que o congresso, o senhor sabe, absorve todo o meu tempo, coordeno algumas mesas, impossível sair, minha agenda está repleta de compromissos etc.

Mas o sujeito não desistiu e ligou a semana inteira, até eu dizer que já estava de partida.

— Se calhar, vais ter que almoçar antes de embarcar, percebes?

— Sem dúvida — concordei.

— Pois. Almoças comigo. O meu motorista apanha-te, a menina traz tudo que precisar e pronto.

"Ai, que saco", pensei. Lá vou eu ser boazinha e me despedir *do amigo do pai do Rafael!* De que adiantou terapia se continuo fazendo concessões? Por outro lado, penso, que não vai ser tão ruim assim. Apesar de o lugar ser uma pocilga, fomos recebidos com honrarias. Comemos uma lagosta deliciosa, bebemos vinho da melhor qualidade e eu conheci outra face da cidade. Vou reclamar de quê? Tão gentil senhor, o que vai me custar?

Um pouco de transtorno, é tudo. Fechei as malas com antecedência, acertei a conta do hotel e esperei o motorista me pegar. Simples assim. De lá eu iria direto para o aeroporto. Estava doida pra embarcar de volta, pois Lisboa havia sido uma maratona sem intervalos e sem os passeios que eu costumava fazer.

Agora, ainda tinha de resolver a questão do português. Lá fui escada acima, pensando que ainda teria de pagar esta espécie de pedágio.

Ele se desmancha em mesuras, todo cortês.

Porta devidamente trancada, me faz sentar no sofá maltrapilho. Na sala/escritório/cozinha, ninguém além do velho. Nem mesmo o cozinheiro.

Ele me cobre de galanteios melífluos e o tempo passa.

— E o teu noivo, o Rafael, acaso telefonou?

— Não, sim. Telefonou outro dia.

— E dissestes que vinhas cá...

— Não. Quer dizer, falei que talvez viesse. É que ele ligou no meio da semana.

— Estou a ver.

Ele sacudiu a cabeça, visivelmente satisfeito.

Farejei encrenca e percebi que mentir teria sido mais prudente. Devia ter dito que falei com Rafael pouco antes de sair, que lhe contei que almoçaria com o *amigo do pai dele* etc. Mas que merda! Ninguém sabe que estou aqui. Rigorosamente ninguém.

O motorista enfiou minhas malas no porão e escafedeu-se. Sei que o sobrado fica em algum lugar do porto, mas não sei exatamente onde. E o almoço? Se continuar nesse ritmo, vou perder o avião.

— Há quanto tempo mesmo o senhor fornece víveres para navios mercantes? — perguntei por que não atinava com o que dizer. Mas ele não responde, nem me escuta. Está ocupado em avaliar minhas pernas. Aliás, meu pedaço de perna que a saia comprida deixa entrever. Puxa vida, e agora?

O volumoso senhor raspa a garganta e desabotoa o primeiro botão da camisa, suarento. Penso em um porco. Um porco albino, com muita banha a ser aproveitada.

Sinto cheiro de peixe velho. Estou perdida, talvez morta, vou acabar num congelador de terceira, em postas mal-acondicionadas.

— E o almoço que o senhor me prometeu? Meu avião não demora...

— Ora pois, sim senhora. Um instantinho só, que não demora nada.

Olho em volta. O ambiente beira ao sórdido. Como não tinha visto isso? Em companhia de Rafael, não prestara muita atenção nas coisas e achamos graça de tudo. Nas discrepâncias, por exemplo. Eu comendo com talheres reluzentes, no único prato de porcelana, e eles se banqueteando em pratos descascados. Eles bebendo vinho em canecas e eu, em copo de cristal.

Finalmente o homem se levanta e prepara, a contragosto, algumas postas de peixe. Enquanto se movimenta, fala do amigo ausente, o mano querido, pai do Rafael, ai que saudades!

Eu tenho certeza de que a situação não está sob controle. Pelo menos, não sob o *meu* controle. Minha boca está completamente seca. Como vou sair dessa?

Obrigada, senhor, foi um prazer imenso, muito amável, coisa e tal, mas agora tenho de ir.

Pensei em dizer isso e cheguei a me levantar, mas ele se virou e me encarou com autoridade.

Eu ajeito a saia e me sento de novo, avaliando as reais possibilidades de sair viva daquele lugar. Qual poderia ser a barganha? Se eu tivesse de lutar, que armas usaria? A faca de cozinha que ele agora empunha para fatiar a cebola? A pedra que descansa sobre as notas fiscais, como se aqui pudesse passar algum vento? Ou o troféu em mármore?

Mas ele anuncia, triunfante, que o almoço está pronto. Enfim. Engulo o medo crescente e me esforço para comer. Bebo vinho e água a cada garfada, sem fazer a mínima ideia do gosto que teria o peixe. Preciso me livrar deste homem, tenho que sair daqui.

— Muito bom, o peixe! O senhor cozinha muito bem mesmo, quem diria, hein? Um homem de negócios...

Ele mostra os dentes amarelos, tão amarelos como os dedos manchados de fumo.

— A menina é que é uma querida.

Senti um arrepio de medo, pois percebi uma inflexão malévola, quando ele disse "querida".

Terminei rapidamente e, olhando o relógio, me levantei. Tenho de manter a calma, não posso mostrar medo. Se perceber que estou fraquejando, ele ataca. Bicho e gente, nenhuma diferença.

— Está quase na hora. Quero muito lhe agradecer — disse eu, fazendo menção de pegar a bolsa.

— Ó menina, tira lá as cuequinhas!

A ordem, porque era uma ordem, me deixou paralisada. Olhei o homem, perplexa. Então ele repetiu, agora mais alto e ríspido.

— Ó menina, mas o que é isto!? Levanta já a saia e tira as cuecas.

O velho arranca o paletó xadrez, abre a braguilha e baixa as calças imensas. O espetáculo é deprimente. Ele lembra um gordo pescado, todo branco, transparente, e avança trôpego em minha direção.

Eu olho de novo o relógio e a porta trancada. Dou-me conta de que se tivesse sorte sairia viva de lá.

A menina tem de guardar segredo, não pode contar para o noivo, nem para a melhor amiga. Tudo há de ficar entre os dois, só entre os dois, ele repete enquanto arranca aquela coisa frouxa lá de dentro.

Oh, sim, tenho chances, penso. E reavalio a situação.

Abaixo a calcinha e me abandono. Não estou mais aqui. Em questão de segundos (não sei onde esconde a varinha mágica) o homem fica teso e tudo se resolve de forma rápida.

Cheia de susto e asco, pergunto onde é o banheiro.

Ainda ofegante ele indica uma portinha, camuflada atrás dos fardos.

Não tem água corrente, apenas um balde com água turva e uma privada empesteada. Quartinho imundo e malcheiroso. Como eu. Tenho nojo da porra do homem, tenho nojo da água do balde.

Vacilo um milésimo de segundo, se tanto. Não posso me dar ao luxo, senão perco meu voo de volta. Lavo-me na água de aspecto duvidoso, menos maléfica que as golfadas do gordo pescado. Apresso-me, pois não tenho tempo para frescuras. A contagem regressiva já começou e não faço ideia de como chegar ao aeroporto.

Quando saio do quartinho, no entanto, o velho está vestido com seu indefectível paletó xadrez e a porta do escritório, escancarada.

Abrindo um largo sorriso, ele volta a ser o cordial amigo do pai do Rafael. Depressa, menina. Depressa, que avião não espera!

QUANDO EU VOLTAR SEREI OUTRO

O mar contido, cor de cana, não recua não avança, a canoa lá de borco desde que Jair se foi, sem se despedir de ninguém, doideira partir assim, mas ele não gostava de cenas lacrimosas e já havia anunciado, era só o tempo de juntar as tralhas, fechar a barraca. Depois do carnaval, ia embora pra Índia, terra de espiritualidades e outros caminhos que não a matéria, comida de verme que pasta aqui e agora e pronto, nada além.

Passar uma temporada do outro lado do mundo, esquecer as coisas rasas, os trocados, os turistas, Coca-Cola, camarão, peixe frito, bolinho de aipim, tem dó, nasci pra outros destinos, mas fico atado a este mastro, ao vento áspero, à areia que fustiga pele e coração, mais ligeira que o tempo no adiantar a idade, partir enquanto posso, antes de engrossar meu casco, deve haver outra vertente, sei que sim, o mar é pouco pra quem se aventura, o horizonte ao comprido negaceia, mas eu, nativo das dunas, natural ribeirinho, inda atravesso esse mundaréu de água!

O vento arredonda, abaixa a crista das dunas, a paisagem agora se espalha sem os agudos de antes, a areia toma de assalto a estrada e se abanca do outro lado; sufoca arbustos cajueiro aroeira desejosos de crescer; era uma vez uma igrejinha, casinhas de pescador, venda, barraca, pousada e até cemitério; ainda perduram os cacos, vestígios da vila que era uma vez, num é mais.

Dinheirinho pingado, guardo tudo no baú que eu mesmo fiz, cortei a madeira, lixei, martelei, desde pequeno aprendi o ofício de sobreviver lidando com rede, apetrechos de pesca, remendos e arremates e ripas e cola, de tudo um pouco pra não depender de ninguém, nem de patrão, cresci solto nas águas do mar e do rio, na areia fumegante, nos forrós, na batalha diária que não mete medo, mas me deixa cismarento, assim não pode ser, tenho como certo outra maneira de tocar a vida, vou-me embora antes de endurecer, desencantar do horizonte, quem sabe lá me aprumo no artesanato: pulseirinha, colar, tiara, que tudo serve, tudo é bom.

Ganesha, destruidor de obstáculos, guarda o balcão fechado da barraca onde a cadelinha Bali nunca mais foi vista desde a partida de Jair e onde uma gata bojuda se espicha sobre a mesa, curtindo a sombra que se prolonga no sentido das coisas que não fazem sentido. A saudade de Jair virou constância na vila, um suspiro só, vai ver a mãe passou mel no menino e deu no que deu: desperdiçado aqui neste cafarnaum, na elegância própria dele, de quem terá herdado altura e porte e ainda os sonhos de ultrapassar fronteiras, cruzar oceanos? Até hoje, nenhuma notícia do seu paradeiro; onde será que aportou, com sua mochila tropical, calção de banho, canga, tênis em arremedo de marca, pulseirinha feita de búzios?

Toco a trabalhar dobrado pra poder viajar, o burburinho dos turistas é feito música solta no vento, quem diria?, o verão surpreende e não acho ninguém pra me ajudar com os gringos, justo agora que meu irmão Jota arranjou serviço em outra vila e minha irmã Teca vive mareada desde que se emprenhou do Godô, aquele peste que saiu do xilindró na condicional; eu, se fosse mãe, num deixava casar nem juntar, ela ainda menina sem estudo, ele galo velho safado se aproveitando da inocência dela e agora fica lá aquele encosto, fingindo que presta pra alguma coisa além de carregar peixe que os marujos pescam e que a Teca cozinha entre um lanço e outro.

Por que não telefona, não escreve, as parceiras de forró reclamam, o fornecedor de bebidas estranha, os amigos ficam cabreiros, pro mar não foi com certeza, a canoa lá de borco esturricada, a bandeira no alto do mastro virando fiapo enquanto a areia sufoca a barraca que de longe denuncia o abandono. A gata, agora cheia de filhotes, se bandeou pra outro pouso e a cadelinha Bali virou lembrança. Já na hora de parir, Teca pareceu uma baleia e Godô, por fim, amasiado, posa de dono da casa, enquanto a mãe, cheia dos abafamentos, manda buscar o filho mais velho: alguma providência há de se tomar, Jota, apurar as passagens se de ida se de volta, quando embarcou, se embarcou, coisa mais desmantelada essa, Jair não é disso, ficar sem dar notícia nem tomar a bênção, tá cheirando a feitiço de sereia, canto ludibrioso, daqueles que arrebatam marujo e desaparecem com ele; tem coisa pior?

O recurso é chamar o Godô pra ajudar nesse apuro, quem sabe ele se avexa, agarra a chance de se arribar e cria vergonha na cara. Se tem mesmo paixão pela Teca, igual fala, vai acabar tomando gosto pelo serviço e aí pode até tocar a barraca quando eu for embora pra Índia, encontrar meu mestre; de todo jeito ele tem de criar o guri, o mal já foi feito; então o melhor é chamar o galo velho pra botar a mão na massa, aí ensino ele a fazer bolinho de aipim, aprendiz nessa vida todo mundo é, mas, numa comparação, a cadelinha Bali tem mais juízo que ele, mais tenência e sabedoria.

Mãe nem precisava chamar, Jota já vinha, assombrado. Deu de sonhar noite inteira com o Jair, ele se afogando, vestindo a rede como se fosse manto santo e se atirando no mar: ele se ria, mãe, da minha aflição, pedindo pra não esquecer do nosso trato de irmão que vela um pelo outro, pra não largar a senhora no desamparo e pra tomar conta da Teca, da Bali e da barraca; e aí ele me fazia jurar numa montanha de búzios e depois desaparecia nas dunas, enquanto o vento enquanto o vento enquanto o vento, enquanto eu, mãe, também me afogo na areia pelando e acordo sem ar.

Se eu achar meu mestre periga eu não voltar, vou ficar num daqueles Ashram, bem calado, só fazendo o essencial, só comendo o necessário, naquela comunidade de obrigação repartida, onde ninguém é feio ninguém é bonito e tarefa existe pra ser cumprida, não se discute, é comum de todos, dizem que lá vaca tem primazia e macaco apronta e gente grande respeita criança como se tivesse ciência das coisas, foi o que contou minha amiga; depois de viver um ano lá, voltou outra pessoa, não quis mais saber de se exibir, procurar homem rico, essas coisas; e desistiu de fazer concurso pra garantir o futuro porque o momento é agora e agora ela repete mantras, palavras em sânscrito, e ouve músicas na base de sitar flauta tablas harmonium, enquanto cozinha e me ensina que a tranquilidade da mente vem da compaixão e da paciência com todas as criaturas, não carece muito; aqui mesmo começa meu treinamento, graças ao galo velho Godô, traste da Teca.

A amiga já não consegue meditar, cantar os mantras, o pensamento cheio de perguntas rastejantes e dúvidas que chocalham a cortina de peixe   cavalo-marinho   estrela do mar   conchinha. Os sinos do vento tilintam mesmo com as janelas fechadas. Como ele pode ter ido embora, se não passou na casa dela, se até hoje não mandou cartão, conforme prometeu? Tudo nebuloso, teste de paciência, prova de fogo, quem sabe ela dava uma chegada na barraca pra sentir a vibração, quem sabe visitava a mãe, falava dos planos de ir no rastro dele? Melhor não, podia desandar de vez, tinha era que sossegar o coração, aquietar a mente, entregar, entregar...

Num é que o galo velho tá enrolando os bolinhos na maciota, servindo os clientes sem resmungar, até arranjou papo tipo exportação e mudou da água pra cerveja? Bem diferente dos primeiros dias, quando ele me olhava com raiva, socava a panela, a garrafa, o copo e vassourava o chão com ares de dama ofendida, parecia um desdouro trabalhar, quase desisti com medo de ele espantar os fregueses, mas depois o burro chucro foi amansando aos poucos, tenho dó da Teca que vai aturar esse peste, vai ver ela se agrada justamente disso. Apesar da minha ojeriza, o galo velho tá sendo de muita serventia; mas não sou besta, saco quando ele me olha cretino, debochado e logo despista, depois vem com fala mansa, ô raposa velhaca, num é à toa que foi parar atrás das grades; galinho magro, mas chegado numa briga, eu bem que manjo.

Na terça-feira de carnaval teve movimento até tardão, conta Godô, era turista que não se acabava, Jair ganhou um dinheiro dos bons, com certeza, e juntou ao bolo que, estava acoitado para a viagem, aí apareceram uns forasteiros, lá das bandas do Rio, que iam de carro na quarta-feira de cinzas cedo e ofereceram carona porque tinha lugar de folga e aí o Jair resolveu aproveitar, já que o passaporte tava na mão e a mala também, tudo lá, dentro dos conformes, melhor adiantar o expediente e economizar uns trocados, ia só acabar de ajeitar os negócios, então se despediram;

e quando Godô voltou no dia seguinte, nem sinal dele; roupa, mochila tinham se ido e o baú estava vazio.

Ondas se entrechocam, furiosas, nessa noite sem lua e sem estrela pra dizer meu adeus, o fechamento desse ciclo que vai do dia em que nasci até hoje, porque quando eu voltar serei outro, sei, logo termino de arrumar a bagunça, nada há de ficar pendente nessa vida aqui, paguei o Godô e até agradeci a ajuda, não dá pra negar que ele foi de muito valia; é só o tempo de descansar um pouco antes do sol invadir a barraca e se esparramar pra todo lado; mas que o momento de ir é agora, não tenho dúvida.

Depois que Jair se foi, Godô não quis mais saber da barraca, diz que voltou lá duas vezes na base da obrigação, mas achou tudo sem sentido, um deserto sem o Jair, então ele arranjou serviço na cidade vizinha, de carregador, pedreiro, vendedor, que estudo ele não tem, diz que rende um dinheiro porreta, toda semana ele compra do bom e do melhor pro filho que vai nascer, a Teca quer chamar o menino de Jair, mas ele quer que seja Godofredo, e ficam nesse entrevero, nesse embate, enquanto a avó se mantém discreta, neto é neto, qualquer nome serve, preferia Jair, mas o pai tem primazia, inda mais que ele se endireitou e tá montando casa pra Teca, arrotando que seu passado agora é passado, pois sim.

Sinto um aperto no coração e pra piorar o sufoco a Bali não sossega, não para de latir pra cachorro, caranguejo, tartaruga, calango, cobra, alma penada, sei lá, adivinhando que vou embora, e pena antes da hora, a bichinha, e nisso não para quieta, rodeia a barraca feito cão de guarda e rosna pro escuro, vai ser difícil dormir assim, vem cá, Bali, vem deitar comigo, hoje pode, e ela dispara num repente e salta porta adentro, mas eu me viro pra pegar o baú, amoitado atrás do armário, e sinto um golpe forte na cabeça, um estouro, e tudo escurece e começo a derivar e sinto Bali revidar, assassina, como se não fosse um toquinho de nada.

E tanto mãe insistiu que Jota, tresnoitado de pesadelos, tomou coragem e voltou à barraca, sozinho. Na praia, a cachorrada começa a segui-lo e ele não se importa, não enxota o bando porque assim se sente menos perdido, vai em frente, se enche de coragem e, ao vasculhar a barraca, descobre, atrás do armário desaprumado, uma mancha escura e pelos da cadela Bali, grudados na parede. Caindo de ponta cabeça no redemoinho, ele tem como certa a desgraça e escuta vagamente a algazarra dos cães, na certa disputando algum troféu. O alarido da matilha extrapola, um cheiro de carniça invade a barraca e Jota, preferindo mil vezes os pesadelos da noite, corre pra fora a tempo de ver a cambada se engalfinhar na disputa pelos despojos, tomados da areia, enquanto o vento enquanto o vento...

Como se eu não estivesse mais nesse mundo, assisto à cena distante, a Bali avança irada e ferra os dentes na canela do galo velho, ela detesta o Godô e fica furiosa quando ele chega perto; é engraçado ver a bichinha latir histérica, dona da barraca e de mim. Eu tinha de endurecer o jogo e inventar castigo quando ela passava da conta; devia ser maltratada nas minhas costas, com certeza, mas perto de mim era na maciota, não suspeitei que ele fosse capaz de tanta maldade, nunca imaginei traição assim. Só pela valentia da Bali encontrei forças pra virar o braço, agarrar o Godô pelo pescoço e esganar, mas de repente perdi alento, afrouxei, e o galo velho bateu de novo a pá na minha cabeça, então apaguei de vez.

O mar contido, cor de cana, não recua não avança, a canoa lá de borco desde que ele se foi sem se despedir de ninguém, doideira partir assim, mas a matéria apodrece comida de verme aqui e agora e pronto, nada além, tudo um deserto sem o Jair, a bandeira em frangalhos no alto do mastro, a areia se abancando na barraca que de longe denuncia o abandono, enquanto o vento enquanto o vento...

JANICE E O PRINCÍPIO DA INCERTEZA

A continuar assim, talvez eu morra já, talvez não, depois é que se descobre. Em última instância, depende do leitor o veredicto, anos depois, porque nenhum texto existe antes de o livro ser aberto e conferido. Se é que foi escrito.

Se foi, eu teria preenchido o caderno pautado com minha letra irregular, por vezes indecifrável, a riscar e a me arrepender de certas palavras, mas anotando, nervosa, as impressões da tarde, antes que se apagassem no estrondo e na redundância da onda.

Isso teria acontecido? Tenho certeza que sim, tenho certeza que não.

É preciso escutar além do ruído que se ouve, além da rebentação das frases, além do burburinho dos próprios pensamentos, e nisso me ponho inteira. É certo que, afobada, procurei por um caderno o mais rápido que pude, no armazém do outro lado da estrada, minha única chance naquelas paragens isoladas. E nele despejei, em uma golfada, a história inteira de Janice, ou acreditei que sim, pois hoje só consigo localizar rabiscos, partes isoladas do arcabouço imaginário, em que reina a minha personagem. Impressionei-me com os detalhes, alguns escabrosos, contados com naturalidade por ela, sentada na mureta em frente ao que seria uma agência de viagens. Repassei ponto por ponto, exercitei a memória, repeti falas inteiras, e pensei, naquele momento, que não teria nenhuma chance de esquecer a história de Janice. Nem que eu quisesse, nem que me esforçasse. Sabia exatamente como tudo começava e como terminava.

Fui dormir tranquila, tive pesadelos?

Talvez uma coisa, talvez outra. Em tese, ambas. Então, seria melhor compor uma frase assim: fui dormir tranquila, mas tive pesadelos.

E aí se instalam as dúvidas. Terei feito as anotações ou me limitei a comprar o caderno?

Comprado o caderno, pude relaxar. Faria minhas anotações ou escreveria o conto no dia seguinte, quando bem me apetecesse. De mais a mais, repito, a história era inesquecível. Ela, Janice (talvez Helenice), era inesquecível: personagem com luz própria, nenhum vento poderia varrê-la da minha lembrança. Eu não precisava fazer esforço para vê-la ou para ouvi-la. No entanto...

Reconstruindo, então. Se tive pesadelos, dormi. Se dormi é certo que não coloquei nada no papel. Confiei na escritora que costuma ficar de plantão e me dei mal, muito mal.

Por outro lado, posso ter preenchido o caderno e deixado na mesa de cabeceira, perdido entre os apetrechos de viagem. Posso também ter arrancado as folhas (faço tanto isso!) e guardado em algum lugar futuro, que nunca consegui localizar.

Mas Janice (melhor que seja Janice) não me sai da cabeça e martela com força sua prolongada ausência.

Antes, parecia fácil trazê-la à luz. Copiá-la inteira.

Eram tempos iluminados, aqueles, sem eternidades como agora, e eu sabia entrar e sair da onda, aproveitar o movimento das marés. Hoje, apanho, vou na refrega, desconjunto na rebentação. Afogo mesmo quando dá pé, em qualquer poça d'água. Antes, eu era capaz de me salvar. Agora, longe da praia perco o fôlego, vou rolando de déu em déu. E tonta, procuro o manuscrito, a centelha, a escritora, enfim.

Naquele dia, dia de Janice, a tarde se fez úmida. Ela, sentada na mureta de um arremedo de varanda, em frente à tenda que vende pacotes para Abrolhos, Coroa Vermelha e Porto Seguro — tudo Bahia, tudo Brasil — puxa conversa comigo.

Vinte e três anos, se tanto. Cabelos descoloridos com água oxigenada e amônia, lisos a despeito da brisa do mar. Dois palmos de saia, blusa mínima e sandálias de dedo.

Ela não se acanha e dispara na fala. Vai logo me contando a vida, de frente pra trás, cruzando fatos e opiniões em livre e fantasiosa associação:

...eu queria continuar por este Brasil afora, um lugar que não fosse Salvador, nem Teixeira de Freitas, nem Nanuque eu queria, porque em Ipatinga até ganhei um dinheirinho bom, isso depois de fugir de casa, quer dizer, da minha casa não, que fazia um tempão que eu não morava com minha mãe, ela me deu pra essa mulher quando eu era pequena, pra ela me criar, matricular na escola, porque tinha condição e minha mãe, depois que o pai foi em cana, achou que era melhor, mas foi muito e muito pior, então eu vivia presa, tinha de fazer tudo, limpar banheiro, lavar louça, quando espichei um pouquinho, até cozinhar eu cozinhava, e tinha de comer casca e resto dos pratos deles, dela e do marido, aquele tarado filho da puta, num gosto nem de pensar, nossa!, demorei demais a fugir, sabe o que eu fazia com os restos de comida que ela mandava eu comer? Arrastava um banquinho, subia no muro e jogava na horta da vizinha, mas um dia ela veio reclamar e a dona descobriu e me bateu até, de cinto, de sapato, de tudo, até sangrar. Minha mãe nunca foi me ver, nem lembro da cara dela, nem faço questão mais, tenho ânsia de vômito quando penso naquele excomungado, parecia que nunca tinha tomado banho, o danado, e eu ainda tinha de aguentar o bafo fedido dele, credo!, a sorte é que consegui pular o portão, acho que o cachorro da casa comia melhor que eu, aí saí por essas estradas pegando carona, uns era gente boa, uns só queriam abusar, foi bom porque fiquei

esperta e nunca mais passei fome. Quando cheguei em Ipatinga, até ganhei um dinheirinho legal, trabalhava de uniforme e capacete, tinha poucas meninas lá e aquele montão de homem, nunca vi tanto. Aí conheci um cara, o Wanderci, me amarrei nele e a gente ia casar de verdade, mas dispensaram ele, aí ele saiu pro mundo feito doido, e eu atrás. (Janice fala cada vez mais rápido e tenho de ficar esperta). *Aí eu engravidei do Davidson e então fui morar com o Wanderci no Espírito Santo, perto de Vitória. Fiquei lá um tantão de tempo, uns três ou quatro anos, num era ruim não, eu gostava dele, mas depois desgostei e me mandei, não sou mesmo de parar em lugar nenhum, gosto é de rodar este Brasil, conhecer lugar diferente. Cada dia faço uma coisa, um bico ali, outro aqui. Já fui até ajudante de mecânico.*

Ela faz uma pausa e suspira.

Mas eu quero saber do Davidson: e seu filho, onde está?

Ah, com o pai, que trabalha fichado. Todo ano eu vou ver ele. Levo presente e tudo. Num sou igual minha mãe não, que me deu como se eu fosse uma bruxa de pano. Até hoje tenho pesadelo com aquela gente que me pegou pra criar. Se eu fosse contar pra dona o lance do marido, ia sobrar pra mim, ela ia me bater e me pôr de castigo, com certeza. Mulher pancada da cabeça, doida de pedra. Me obrigava a ajoelhar em caroço de milho, me amarrava na cadeira, o escambau. Mas aí, um dia, eu já tava assim mocinha, a dona saiu depois do almoço e eu fui lavar as panelas. Tava de costas, distraída, quando o excomungado chegou feito alma do outro mundo, sem fazer barulho, e começou a passar a mão na minha bunda, levantou meu vestidinho e espetou aquele troço, cruz-credo, levei o maior susto, mas escorreguei que nem sabão e passei por baixo das pernas dele, eu era bem magrela, nem peito tinha, então vazei do outro lado da mesa e corri e ele correu atrás, bufando de raiva, a sorte é que alguém chamou do portão e logo depois a dona voltou. Eu fiquei escondida atrás do guarda-roupa e ele me procurando. Nunca mais tive um pingo de sossego, era a mulher sair e o homem chegar exibindo a ferramenta. Agarrava a minha mão pra eu fazer aquilo e me ameaçava, dizia que ia inventar coisas e contar pra mulher só pra ela me bater, eu morria de medo, depois ele falava que gostava de mim, que eu não precisava ter medo, ele só queria dengo, aí eu achei melhor fazer aquela meleca do que ele partir pra cima de mim pra valer, saquei isso da minha cabeça, sozinha, nem sabia direito o que tava fazendo, nunca tinha visto nada, eu apavorava porque ele parecia louco, mas ficava manso, bonzinho mesmo, e era de repente, depois que cuspia aquela meleca. Foi isso que me fez fugir, botar pé na estrada. E vai daí que nunca parei.

Anoiteceu e já não enxergo minha personagem, viva e morta há mais de sete anos.

Por quem os sinos dobram senão por ela?

Por quem os sinos dobram senão por mim?

Se não transcrevi com exatidão a fala de Janice, pode ser que ela não exista. Ou talvez exista, mas nada pode ser provado até que o livro seja aberto e lido.